LE GRAND ROMAN DE MA PETITE VIE

Susie Morgenstern

LE GRAND ROMAN DE MA PETITE VIE

Illustré par

Albertine

La Martinière j.
FICTION

Mise en page : Philippe Duhem

ISBN : 978-2-7324-7435-9

www.lamartinierejeunesse.fr

Conforme à la loi n° 49-956 du 16 juillet 1949 sur
les publications destinées à la jeunesse.

Pour Emma Gauthier,
qui m'aide dans mes deux cuisines.

Susie Morgenstern

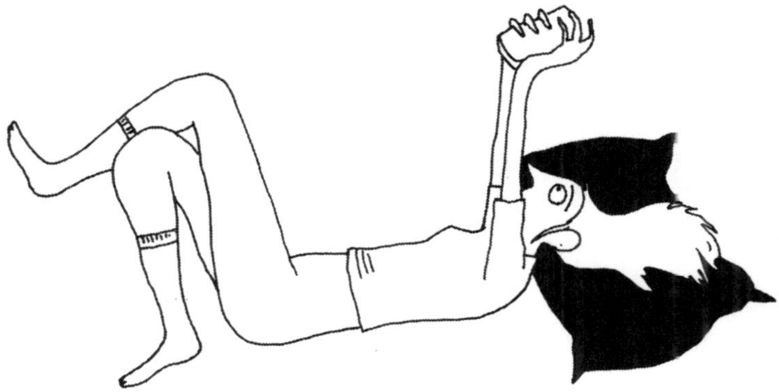

SE COUCHER OU VIVRE ?

Les parents sont tous pareils. On a beau avoir déjà treize ans, être presque un adulte responsable, raisonnable, autonome, ils arrivent avec leur « Va te coucher » comme si tu n'en avais que cinq. Mais fatalement, c'est juste à ce moment-là que te viennent mille idées, mille envies, et tu ne peux pas accepter cette petite mort, cette plongée dans la nuit immobile. Tu ne veux pas te débrancher de la vie. Tu préfères pianoter sur le clavier de ton téléphone, écouter de la musique ou lire.

Que c'est dur de se coucher et de s'endormir quand la vie vous appelle ! Savoir que je serai complètement naze le lendemain n'est pas la bonne solution, mais je ne peux m'empêcher de privilégier le présent.

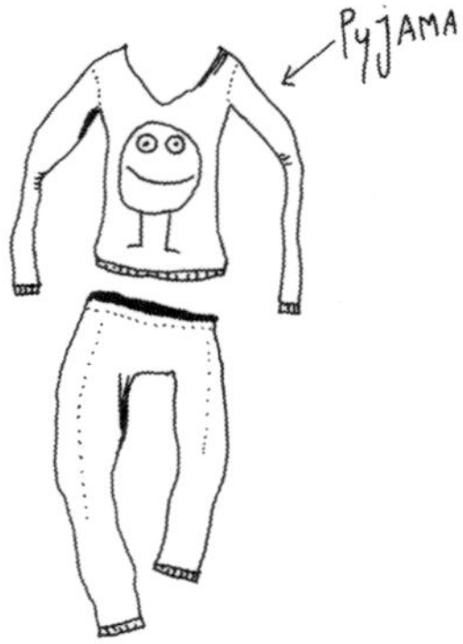

Je me lave le visage sans trop regarder dans la glace. Pas question de zoomer sur le bouton qui vient de décorer mon nez. Je me brosse les dents – c'est tellement une habitude que j'aurais du mal à laisser tomber. Ils ont réussi à me l'inculquer, celle-là. Pyjama pour aller danser dans ma tête, me voici prête pour un voyage dans les rêves. Hier soir, je me suis réveillée au milieu d'un cauchemar bizarre : je lisais mes messages et puis soudain, ils disparaissaient. J'attendais, j'implorais les dieux électroniques de me les rendre, mais rien ne venait. Je ne pouvais pas lâcher le téléphone, quand une urgence toute naturelle m'a fait sauter du lit et courir jusqu'aux toilettes. Je ne me souviens pas souvent de mes rêves.

Je ne veux pas m'endormir tout de suite.

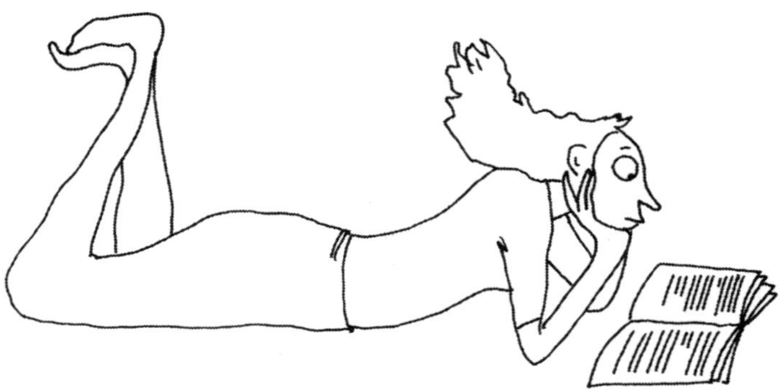

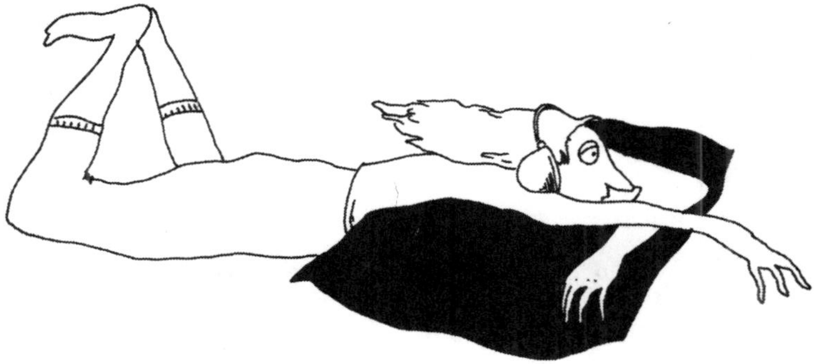

Alors un livre ou de la musique ?

Les deux !

Mais voici que ma grand-mère, elle, veut se coucher. Et nous partageons ma chambre. Ses ronflements remplissent mes nuits. Tant pis pour la musique !

Un jour, la conseillère d'orientation m'a demandé ce que je désirais le plus au monde. La réponse est simple : une chambre pour moi toute seule.

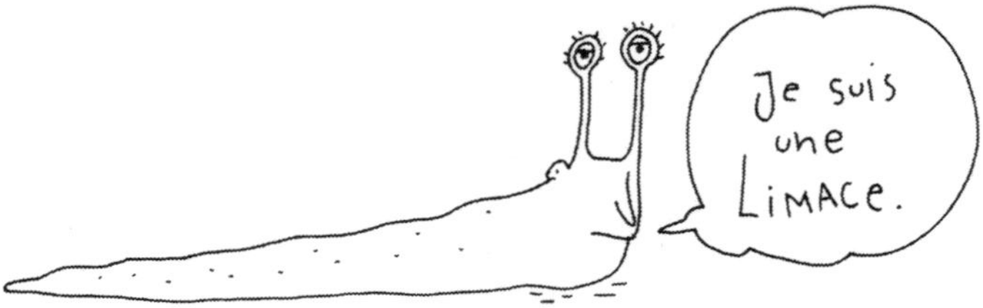

SE RÉVEILLER OU RESTER AU LIT ?

Zut ! Le réveil a sonné et je suis encore une limace au milieu de mon lit à cligner les yeux dans le vide. J'ai trop tardé hier soir – je n'arrivais pas à m'endormir avec les ronflements hard-rock de ma grand-mère – et je rêve d'une journée au lit. Avec un livre, téléphone à gauche, tablette à droite. Mais il faudrait que je sois atteinte d'une maladie mortelle pour que ma mère me laisse dormir. D'ailleurs elle va venir d'une minute à l'autre renforcer l'effort du réveille-matin. Elle pourrait même aller – elle l'a déjà fait – jusqu'à me jeter un seau d'eau froide au visage si je tarde trop. Maman n'est pas une tendre. Pas étonnant que papa ait pris la porte.

Quand il est parti, ma grand-mère Omama est venue vivre chez nous. Elle a des méthodes plus douces. Elle vient chuchoter dans mon oreille : « Quand on est mort on a toute l'éternité pour dormir. » C'est encourageant…

J'ai donc hérité d'une grand-mère que j'adorerais si nous ne dormions pas dans la même chambre. Une pièce de plus, est-ce trop demander ? Notre trois-pièces n'est pas luxueux, mais j'ai l'habitude d'y vivre et j'aime trop mon quartier. Si on m'offrait une grande maison en banlieue, je ferais quoi ? Une pièce à moi ou Paris ? Papa et maman étaient ravis quand on a emménagé ici ; ils dormaient ensemble et j'avais ma chambre. Mais il a toujours été hors de question que maman dorme avec sa mère. C'est donc sur moi que c'est tombé.

Je me lève au prix d'un effort surhumain. J'ai promis à Dorélie de passer la prendre pour qu'on marche ensemble vers notre destin morose. Heureusement, elle m'a promis un scoop. Sinon, on se lèverait pour quoi ? Le collège ? Les profs ? La cantine ?

Omama ne cesse de me répéter que j'ai de la chance d'avoir une éducation. Elle a dû travailler dès quatorze ans.

Elle : « Quand la chance frappe, ouvre-lui la porte ! »

Moi : « Quand la chance frappe, reste au lit. »

Je me lève comme une condamnée. Quand on n'a pas le choix, comment faire son choix ?

CHEVEUX OU PAS CHEVEUX ?

Ça y est, je suis debout. Je n'ai pas encore osé interroger Omama sur sa vie. Je voudrais surtout qu'elle me parle de son mari, mon grand-père, que je n'ai pas connu. Ma mère et elle changent de sujet chaque fois que j'évoque ce grand-père ; je me demande pourquoi.

Mais là n'est pas le plus urgent. Tous les matins de tous les jours, la question cruciale qui se pose à moi est : est-ce que je me lave les cheveux ?

Où est le problème ? Ma tête commence à me gratter, mes cheveux font n'importe quoi, et ma vie est une suite de journées à cheveux en pétard. Ils sont incontrôlables... moches !

Alors, shampoing ou pas shampoing ?

Que voulez-vous : je suis un être indécis, chaque petit détail me jette dans une confusion de oui et de non.

Ma mère va encore dire : « Oh non ! Tu t'es à nouveau lavé les cheveux ! » Elle est convaincue que ça leur fait perdre leur essence, leur vitalité. Que ça les tue. Est-ce qu'elle songe aussi au prix de ces bouteilles de shampoing alignées dans la douche ? « Tu les avales ou quoi ? »... Pourquoi pas ne se laver les cheveux que le jour de son mariage et celui de ses funérailles, tant qu'on y est ?

Bon, demain alors. Non, tout de suite. Sous la douche. Dans la vie il faut se mouiller. C'est trop bon.

Dans ma tête, je me vois toujours de face, mais sous la douche, je ne m'imagine que de dos... C'est curieux.

Mes cheveux longs dégoulinent – est-ce que je ne devrais pas les couper ? Je les enturbanne d'une serviette et je frotte ; ça me donne de l'énergie. Brosse à la main, j'actionne le bouton du sèche-cheveux. Ça fait un bruit d'enfer. Je me coiffe.

Je me sens bien. J'ai l'impression d'être toute neuve.

Mes cheveux me donnent l'air d'une « folle de Chaillot », ou mieux, celui de la sorcière de la rue de la Folie-Méricourt.

J'ai bien fait de les laver. Mais ça n'est pas pour plaire à maman.

La voilà qui accourt : « Tu vas les abîmer, tu sais ! »

PETIT DÉJ OU DÉPART HÂTIF ?

J'ai dépensé tout mon peu de temps pour mes cheveux. Je suis encore en retard.

Ma mère a des principes fermes et elle m'impose de vivre avec. L'ennui c'est que je n'ai pas les mêmes. Par exemple, elle est sûre qu'il faut manger un bon petit déjeuner pour mettre le cerveau et le corps en route alors que je n'ai jamais faim avant dix heures. Le dimanche, j'adore prendre un bon petit déj tardif, mais les jours d'école, surtout ceux où je me lave les cheveux, je suis trop pressée.

Aujourd'hui, maman me poursuit dans la cage d'escalier avec des oranges, pressées elles aussi.

Elle attend que j'aie bu en vitesse pour me tendre une tartine dont je ne veux pas.

Faut-il faire plaisir à sa mère ou lui tenir tête ? Ne pas s'encombrer des tranches de pain beurré que l'on aimerait jeter à la première poubelle mais que l'on ne peut pas parce que des enfants ont faim en Afrique ?

Grand-mère dit souvent : « Quand l'estomac est vide, le cerveau l'est aussi. »

Sur le chemin, Dorélie, qui a toujours faim, engloutit mes tartines et fait des bisous en l'air en disant : « Merci, madame Bonnet. »

Oui, je m'appelle Bonnet, comme les bonnets d'un soutien-gorge. Prénom : Bonnie. Comme Bonnie et Clyde. Bonnie Bonnet. Comme une blague. Si ce n'est pas facile à porter, au moins, c'est facile à épeler. Dorélie s'appelle Doré. On a toutes les deux de l'allitération à gogo, mais les siennes sont en or.

Il n'y a pas de justice.

Mes tartines avalées, Dorélie me regarde avec admiration : « Tu t'es lavé les cheveux ! Ils sont beaux ! C'est pour la photo de classe ? »

LE SCOOP OU LE K.-O. ?

J'avais complètement oublié cette histoire de photo de classe, mais autant qu'on se rappelle de moi avec des cheveux propres… Nous marchons vite.

– Tu préfères la bonne nouvelle ou la mauvaise ? me demande Dorélie.

Encore choisir, toujours choisir… Pour une fois, je réponds sans hésiter :

– La mauvaise d'abord, je me consolerai ensuite avec la bonne.

– Carl était au cinéma avec Zara.

– Comment le sais-tu ?

– Agathe les a vus.

– Et...

– Ils étaient main dans la main.

Je souris mais en réalité, j'ai l'impression de mourir un peu. Je sais qu'aucune bonne nouvelle ne pourra effacer celle-ci. Carl est celui que j'appelle « l'homme de ma vie ». Il occupe ma tête et mon corps, mes nuits et mes jours, mais seulement dans mes pensées. Lui n'en sait rien.

Zara, elle, est la garce de service. Si vous avez un besoin impératif de dire du mal de quelqu'un, ne vous gênez pas, Zara est là ! Si vous voulez piétiner un être vivant qui vous déplaît : Zara, à votre service ! Et si vous cherchez un bouc émissaire pour lui mettre dessus toutes les fautes du monde : encore Zara, elle est là pour ça !

Car Zara est ma pire ennemie.

C'est une vraie vipère.

Honnêtement, elle est horrible. Elle drague tous les garçons, elle joue les saintes-nitouches

avec les profs, et elle méprise les autres filles. Côté seins, ses bonnets à elle doivent être des C ou des D pour un corps long et fluet dont chaque forme est mise en évidence. Ses cheveux à elle, la chipie, sont tellement lisses et soyeux qu'on dirait qu'elle sort de chez le coiffeur même après la piscine. Elle est la plus maquillée de toutes les filles de la classe, mais elle est si naturellement belle que cela se voit à peine. Ses vêtements sont tous des grandes marques – une vraie pub ambulante.

Zara est toujours prête, elle, pour la photo de classe.

Comment un garçon aussi intelligent et sensible que Carl peut-il lui prendre la main ? Alors que la mienne l'attend depuis la maternelle...

Franchement, la « bonne nouvelle » promise ne m'intéresse même plus. Je préfère mijoter dans mon malheur, me noyer dans mes larmes, me saouler de chagrin.

Heureusement, ça sonne déjà et nous n'avons plus le temps pour les émotions. N'empêche que mes émotions sont tendues sur la corde à linge de mon cœur, étalées à la vue de tout le monde.

Je tente un sourire, mais mon sourire meurt d'envie d'être des larmes.

Je passe aux toilettes pour recoiffer mes magnifiques cheveux propres avec mes doigts. Et voilà que j'aperçois Zara à côté de moi dans le minuscule miroir. Elle me tend un peigne.

– Tiens, pour la photo. Tu as l'air de la folle de Chaillot.

Comme je ne sais pas dire non, je le prends et le passe sur ma tête. Mais il est couvert d'une substance gluante qui colle mes cheveux à mon crâne.

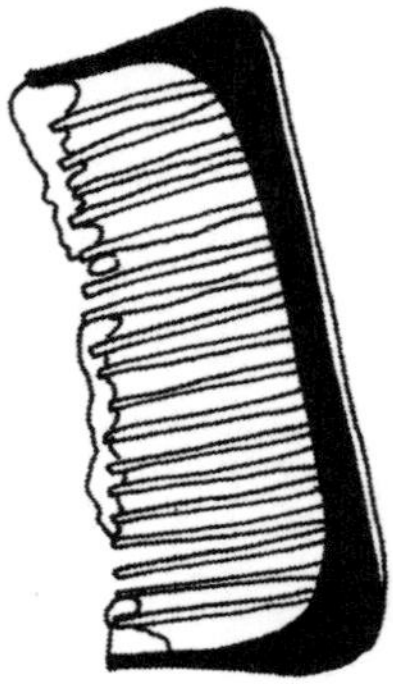

La tuer ou seulement la gifler ?

UNE AMIE OU UNE ENNEMIE ?

– Qu'est-ce que tu as fait à tes cheveux ? me demande Dorélie. On dirait qu'un puits de pétrole s'est renversé sur ta tête.

Dorélie est la sœur jumelle que je n'ai pas eue, l'amie intime à qui je dis tout, ou presque. Je lui parle même quand elle n'est pas avec moi, comme maintenant, à la cantine. C'est une amie imaginaire et réelle à la fois. Ou peut-être pas ?

Oubliée, la bonne nouvelle, engloutie dans le regard malicieux de celle qui a apporté le scoop maléfique. On dirait que ça lui fait plaisir d'observer mon cœur en éruption tel un volcan larmoyant. Je suis l'Etna et Dorélie semble jubiler.

Serait-elle une fausse amie ? Comment se fait-il que chaque fois qu'elle revient d'une fête à laquelle je n'étais pas invitée, elle dise toujours : « C'était la plus belle fête de ma vie » ? Et qu'elle trouve nulles toutes celles auxquelles nous allons ensemble ?

Et pourquoi, quand je l'invite à m'accompagner au musée – je suis tarée : j'adore les musées ! –, elle préfère courir les magasins avec Agathe ? Okay, les musées l'ennuient, mais le shopping me casse les pieds et je l'y accompagne quand même, rien que pour savourer sa compagnie.

Dorélie adore les potins, on dirait qu'elle se nourrit de rumeurs. Qui sait ce qu'elle dit de moi quand je ne suis pas là ?

Et pourquoi, là, tout de suite, invite-t-elle Zara à s'asseoir avec nous ? Elle la déteste autant que moi. Pourquoi me fait-elle subir le triomphe de cette peste qui a volé mon homme et démoli ma coiffure ?

Dorélie serait-elle une amiennemie ?

Comment savoir ?

Omama dit : « Celui qui est l'ami de tout le monde n'est l'ami de personne » ou « Une vieille amie en vaut deux neuves. »

Moi, je me contente de dire que j'ai faim, subitement.

On ne pourra pas me rater sur la photo de classe : je serai celle avec une couche d'huile d'olive sur la tête. Je n'ai pas dit « cheese » et je fais une grimace.

MANGER OU NE PAS MANGER ?

Mon beignet au Nutella est posé dans mon assiette. Dorélie croque dans le sien, mais je résiste encore. Elle n'a aucun complexe. Pourquoi, d'ailleurs, est-ce mal d'être grosse ? Pourquoi faut-il se priver de bonnes choses au nom d'une mode débile ? Ne vit-on pas pour profiter de tout ce que cette vie nous offre ? Je ne suis pas grosse, ce n'est même pas là le problème. C'est juste que ma mère est une prêtresse de Santé et Nature et qu'elle est parvenue à s'infiltrer dans mon cerveau. À ses yeux, Nutella est le diable en personne.

Dorélie poursuit son chemin vers le centre du beignet qui dégouline de pâte à tartiner toute chaude. J'ai envie de lécher son menton.

Évidemment, les gourmandises n'intéressent pas Zara !

Est-ce que ça vaut la peine de laisser pourrir un beignet et de le condamner à la poubelle ? Après tout, quelqu'un l'a fabriqué à partir de farine ;

quelqu'un a mélangé, pétri, formé les boules. Et avant lui, quelqu'un avait travaillé la terre pour faire pousser le blé. Quant aux ingrédients qui composent le Nutella, il vaut mieux ne pas en parler…

– Vous avez terminé ? demande une dame de service.

Je jette un dernier regard à mon assiette et, sans que j'aie eu le temps d'y réfléchir, le beignet se retrouve dans ma bouche.

C'est une rude journée, sans aucun doute. Est-ce que ce beignet l'a rendue moins désagréable ?

SÉCHER OU SUIVRE ?

Je me sens polluée de l'intérieur. Le Nutella est désormais dans mon ventre et je le sens peser sur mon estomac. Je le savais, mais comment résister à un diable pareil ?

S'il y a un prof qui m'apprécie, c'est bien la prof de français. Elle commence chaque cours en lisant mon devoir.

Je suis une bonne élève, sérieuse, travailleuse, déterminée, convaincue que l'école, pour l'instant, est le moyen d'apprendre un maximum de techniques (c'est-à-dire lire et écrire) à appliquer plus tard pour au moins gagner notre vie. Ma grand-mère me l'a assez dit : « Avec du temps, on peut même apprendre à un ours à danser. »

Et je vois combien ma mère galère pour nourrir sa propre mère et sa fille.

Gagner ma vie en m'épanouissant, voilà mon projet, et j'ai la chance d'avoir trouvé comment : je veux écrire. Je veux remplir des cahiers entiers de ces lignes qui forment des mots et des phrases et révèlent les secrets qui y sont cachés. Il n'existe aucun diplôme pour devenir écrivain ; ce n'est pas comme pour être médecin, avocat ou prof. Je pourrais quitter l'école tout de suite et quand même réaliser mon rêve. Mais est-ce que l'on peut vraiment gagner sa vie en écrivant ? L'argent a toujours été tellement important dans notre vie, surtout parce qu'on n'en avait pas. En gagner suffisamment représente un tel combat pour ma mère et ma grand-mère. Je réfléchis des heures avant de réclamer la moindre dépense. Même pour une culotte !

Nous sommes en route vers la classe de français, Dorélie, l'exécrable Zara et moi. Carl est loin devant.

Je ne sais comment le diable est entré dans ma tête, mais je ralentis avant de me détacher du groupe et de sortir du collège comme Cendrillon quittant le bal. Zara m'a démoralisée et la photo

de classe m'a anéantie. J'aimerais aller encore me laver les cheveux. J'aimerais aussi me venger !

Je pourrais rentrer à la maison, mais Omama ne me laisserait pas tranquille. Je pourrais passer la journée à écrire, mais elle s'oppose à l'idée que je devienne écrivain. Elle prétend qu'un seul mot peut démarrer une guerre. Je lui cite Anne Frank : « Je peux me débarrasser de tout quand j'écris : ma tristesse disparaît, mon courage se réveille. »

Bien sûr, je pourrais m'installer dans un café, comme beaucoup d'écrivains ; pourtant je file au musée d'Orsay. C'était toujours la grande excursion, quand j'étais petite, avec ma grand-mère. Dès que j'ai su marcher, elle m'a donné le choix entre le Louvre et le musée d'Orsay. Les musées sont devenus mes jardins publics.

Quand les autres enfants de mon âge faisaient du toboggan ou jouaient au sable, moi, je regardais des rectangles de couleur accrochés à des murs. Pour mes treize ans, Omama m'a offert le plus beau cadeau de ma vie : un passe pour entrer au musée sans faire la queue pendant un an. Aujourd'hui, je ferai un tour avant de trouver mon tableau du jour – comme un plat du jour.

Renoir, Degas, Monet, Van Gogh ? Je ne sais pas pourquoi ma grand-mère aime tant la peinture et rejette l'écriture. Je ne la vois jamais avec un livre. Comment peut-on vivre sans livres ?

À peine sortie du collège, j'entends crier mon nom. Je me retourne et j'aperçois Dorélie qui court vers moi.

– J'ai oublié de te donner la bonne nouvelle ! lance-t-elle en prenant mon bras, comme si j'étais une vieille atteinte d'Alzheimer en train de fuguer.

Tant pis pour le musée.

Dorélie se soucie-t-elle de mon sort, après tout ?

ROUTINE OU AVENTURE ?

À chaque retour à la maison, je m'efforce de prendre un chemin nouveau pour découvrir d'autres immeubles, des magasins inconnus, apercevoir de nouvelles têtes.

Il y a aussi la question « bus ou métro ? », surtout quand il pleut. Flâner ou foncer ? Il y a les devoirs, la pile de livres en attente, et Omama, seule toute la journée, qui me guette pour faire un brin de conversation.

Aujourd'hui, ce sont mes pieds qui décident – des pieds conservateurs qui s'accrochent à la routine que j'essaie de fuir en variant. Comme moi, mes pieds manquent de souplesse. De toute façon, je préfère river mes yeux au sol plutôt que de les lever vers le boulevard animé. Je voudrais digérer la « bonne nouvelle ».

D'abord, Dorélie n'a pas voulu me dire d'où elle tenait ce délit d'initié, mais je sais que sa mère a fait des études avec notre prof de français, Mlle Laurent, et elles se voient encore. Mlle Laurent est une belle blonde aux yeux bleus, grande, mince, douce. Alors on se demande : comment se fait-il qu'elle n'ait pas trouvé de mec ?

Je prends la rue du Faubourg-Montmartre sans regarder ni à gauche ni à droite. Je rumine comme une vache dans son champ. À quoi pense-t-elle la vache, à part aux mouches qui l'embêtent ?

Je ne sais même pas à quoi je pense, moi. Tout est brouillé dans ma tête. Encore ces questions sur mon grand-père, et pourquoi ma mère, ma grand-mère et même mon arrière-grand-mère ont toutes élevé seules un enfant unique ? Pourquoi ne restent-elles pas avec leurs hommes assez longtemps pour faire un deuxième enfant ?

Essayons d'ordonner ma tête de vache : la « bonne nouvelle » m'a laissée froide. Glacée, même. Ça, une bonne nouvelle ? Tu parles ! Et en même temps, oui, ça me fait plaisir. C'est toujours un pas de plus vers mon avenir glorieux. On n'est pas toujours clair avec soi-même.

Mais d'abord, la prof nous a excusées pour notre retard – pas besoin d'un passage par le bureau administratif pour signaler notre crime. Elle est sympa, quand même. Elle sait que ça nous fait perdre plus de temps de classe et nous épargne ce rite idiot. Et puis, étrangement, elle doit se sentir à l'aise quand je suis là ; elle trouve en moi son interlocutrice idéale.

Mlle Laurent a eu le béguin pour moi dès la deuxième rédaction. Elle m'a même fait une sorte de déclaration d'amour : « Tu t'es fait aider ? »

Aider par qui ? Mon père que je vois deux fois par an ? Ma grand-mère qui est pratiquement analphabète ? Ma mère harcelée par son boulot, sa maison, ses frais, sa propre mère ? Maman me dit souvent : « Heureusement que toi, au moins, tu ne me donnes aucun souci. »

Ça peut toujours venir…

SOCIABLE OU SAUVAGE ?

Je ne connaîtrai jamais ma ville si je prends le même chemin à chaque fois. Je n'ai pas l'âme d'une exploratrice, mais est-ce qu'on peut être une bonne écrivain sans être curieuse ?

Comme tous les jours, quand je rentre du collège, ma grand-mère m'attend à la porte d'entrée, comme si elle désespérait de trouver quelqu'un à qui parler. Elle me raconte le dernier épisode d'*Amour, gloire et beauté*. Je connais les personnages comme s'ils étaient de ma famille

– heureusement que je suis au collège quand ça passe, parce que c'est une sacrée drogue. Je suis sûre que le récit d'Omama est meilleur que la série elle-même. Dans sa bouche, ça devient de la littérature – peut-être qu'elle me raconte la vie de Rick et Bridget pour éviter de raconter sa vie à elle ? J'ai une idée, soudain, pour défendre ma « cause » :

– Tu sais, Omama, que quelqu'un a écrit cette série ? Si je deviens écrivain, j'en écrirai peut-être une, un jour.

– Les écrivains sont des fous, lance-t-elle pour éviter tout débat.

Je sais qu'elle ne va pas tarder à poser la question fatale :

– Maintenant, dis-moi, comment s'est passée ta journée ?

Nous sommes dans la cuisine. Elle boit son thé avec un morceau de sucre.

– Tu préfères « Bonne humeur » ou « Joie de vivre » ? me demande-t-elle en désignant les boîtes de tisanes qu'une amie lui a rapportées de Suisse.

Disons que « Bonne humeur » est passif et « Joie de vivre » actif, alors je choisis « Bonne humeur ». Omama conteste immédiatement :

– Je pense que tu as plutôt besoin de « Joie de vivre ». Tu as l'air fatiguée.

Alors pourquoi m'a-t-elle offert le choix ?

Je me défends :

– Je suis toujours fatiguée après une journée d'école (et même AVANT une journée d'école). Je suis toujours fatiguée tout court. Je suis une personne fatiguée, Omama.

– L'éléphant n'est pas fatigué de porter sa trompe.

C'est hallucinant ! Elle a un proverbe pour chaque occasion. Quelle est donc la trompe qui me fatigue, aujourd'hui : la mauvaise ou la bonne nouvelle ? Je suis sur le point de lui dévoiler la bonne quand ma mère fait irruption dans l'appartement en claquant la porte.

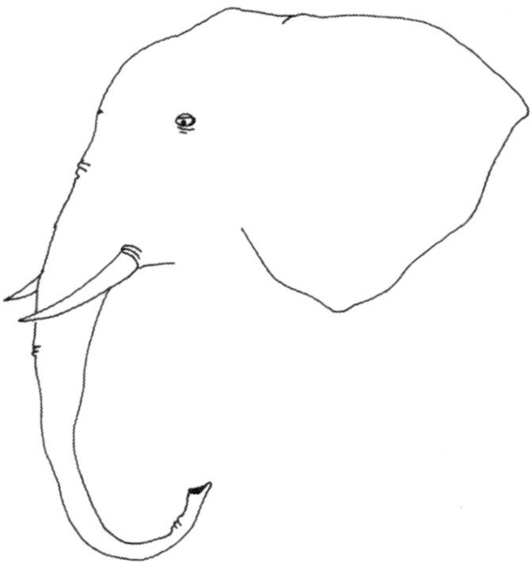

Ma mère ne quitte son ordinateur au bureau que pour foncer sur son ordinateur perso, au cas où elle aurait manqué un message important. Elle refuse de s'abonner à l'Internet sur son téléphone – encore un de ses principes. Et elle sait que, quoi qu'il arrive, sa mère aura préparé, comme toujours, un bon repas.

Elle entre dans la cuisine en souriant, mais je vois bien qu'elle est épuisée – on est fatiguées de mère en fille. Heureusement qu'Omama a assez d'énergie pour nous trois.

– J'ai une bonne nouvelle ! annonce-t-elle.

Ah tiens, elle aussi ?

LA CUISINE OU LA SALLE À MANGER ?

À force de discuter avec Omama, je n'ai pas fait mes devoirs, je n'ai pas écrit dans mon journal et je n'ai même pas enlevé ma veste.

– Tu sors ? me demande maman.

– Non, j'arrive.

J'aime l'intimité de la cuisine, le cœur de la maison où se préparent, comme des naissances, des plats qui consolent et encouragent et donnent goût à nos vies. J'aime manger en compagnie des parfums qui flottent autour de nous dans cette ambiance de laboratoire. Et j'aime nos trois générations, ces deux femmes avec qui je partage des gènes – même si elles m'énervent à tour de rôle.

Ce soir, Grand-Mère demande si on préfère manger dans la cuisine ou dans la salle à manger. Notre salle à manger n'en est pas vraiment une ;

c'est une table avec six chaises qui réduit l'espace du salon. Je m'apprête à voter cuisine quand ma mère décide que c'est une soirée de bonnes nouvelles qui mérite une nappe et de jolies assiettes. Elle est déjà en route avec le plateau, pas la peine de protester. Comme j'aime que les choix difficiles soient faits à ma place – mais pas toujours… –, je suis le mouvement.

Installées devant nos assiettes de *pierogi* farcis à la viande – on se croirait dans la Pologne de mes arrière-grands-parents –, je brise le silence :

– Alors, ta bonne nouvelle, maman ?

– Ton père va t'amener à Londres ce week-end.

Londres est effectivement une très bonne nouvelle, mais d'où vient l'intérêt subit de mon père pour sa fille délaissée en faveur des bébés infernaux qu'il a eus avec sa nouvelle femme ? Pas un mot depuis neuf mois. Je me croyais débarrassée d'eux.

– Qu'est-ce qu'il lui arrive, tout à coup ?

– Je ne sais pas, il a juste téléphoné pour te le proposer. Et j'avoue que cela m'arrange, parce que voici la deuxième bonne nouvelle : j'ai rencontré un homme.

Je l'imagine déjà emménageant dans notre cocon féminin. J'aurais préféré qu'elle tombe amoureuse d'une femme. Un homme, ça gêne.

Suit un long monologue racontant leur rencontre, ses qualités, son aspect physique, ses superpouvoirs.

– Remarque, on a juste pris un café pendant dix minutes, mais il m'a proposé un restaurant samedi soir.

Le temps est illusoire et élastique. Ces dix minutes passées par ma mère au café avec monsieur Bonne Nouvelle étaient déjà pour elle une éternité. Je regarde automatiquement mon poignet et je m'aperçois que ma fidèle montre n'y est pas. Est-ce que je l'ai perdue ?

Il n'y a plus la place pour MA (plus ou moins) bonne nouvelle.

Je me sens déracinée hors de ma cuisine adorée ; le salon est comme un autre pays.

Je suis déjà à Londres (sans montre !) : comédie musicale ou Tate Modern ?

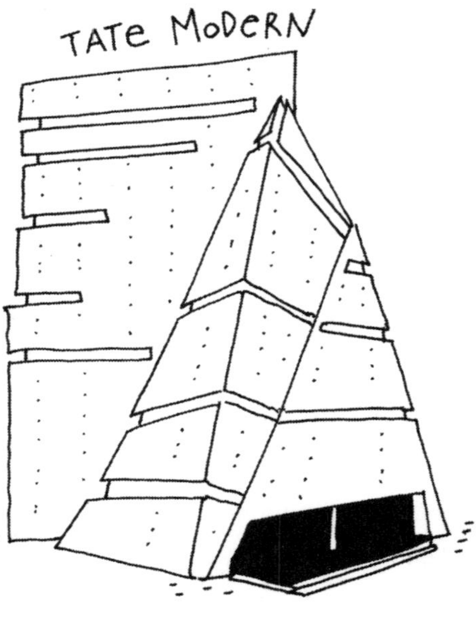

PÈRE OU COPAIN ?

Si ma mère est bien marquée par ses quarante-cinq ans, à mon père on donne rarement plus de vingt-cinq. À quarante-sept ans, avec ses cheveux façon jeunes Beatles, ses jeans qui descendent en bas des hanches, ses tee-shirts à slogans des années soixante « *It's happening HERE* », c'est l'éternel adolescent. Deux ou trois fois par an, quand il se rappelle ses responsabilités parentales, il me pose toujours la même question : « Zoo ou fête foraine ? » Pour mes cinquante ans, il m'emmènera voir les chimpanzés ou faire un tour de grande roue.

Peut-être que son métier de graphiste pour des dessins animés le maintient jeune. Ou est-ce que ça vous rajeunit d'échanger une vieille femme hargneuse qui vous connaît trop bien contre une jeune qui se fait des illusions sur votre compte ? Et tiens, lui non plus n'a pas eu un père sur place en grandissant. C'est peut-être pour ça qu'il ne sait pas être père ? Les beaux-pères n'auraient pas fait le poids…

Nos rendez-vous biannuels se passent en général joyeusement car, depuis longtemps, je n'attends plus rien de lui et n'en garde aucune rancune. Il est tel qu'il est. Je sais que dans toute séparation, les torts sont partagés. *It takes two to tango.* (Il faut être deux pour danser le tango.) Maman est comme elle est, mon père est comme il est, et ils sont comme deux lignes parallèles. Pour moi, il n'y a rien de dramatique à être une enfant du divorce. J'ai un toit, un lit, une grand-mère, une mère et de temps en temps une espèce de père. C'est mieux, en tout cas, que deux enfants adultes qui s'engueulent du matin au soir. *Peace and love.*

Omama m'a offert une belle montre d'homme de la marque Patek Philippe, Genève, pour remplacer ma Swatch perdue. On reste quand même en Suisse. Je lui ai demandé si c'était la montre de son mari et elle a fait oui de la tête.

– Ne la perds pas ! m'a-t-elle dit aussitôt, histoire de changer de sujet. Elle vaut une fortune.

Papa est là, comme convenu, au bout du quai de l'Eurostar avec un bébé sous chaque bras. Il m'en passe un, qui hurle et qui bave, et cherche mon billet.

– Et Catherine ? je demande.

– Elle ne peut pas venir. Le week-end est à nous. *London by night*, ma chérie !

Les bébés ont respectivement un et deux ans ; ce sont des garçons qui s'appellent Bob et Bill, plus Bonnet, comme moi. Ce sont mes frères morveux, car en plus de baver, ils ont des nez qui coulent comme des becs verseurs.

– Et la fille au pair ? je demande timidement.

– En vacances ! Moi, rendez-vous important à Londres pour film. Toi, stage de puériculture en anglais.

Comme s'il avait trop à gérer pour, en plus, faire des phrases !

On fait la queue, on passe la douane, embarquement imminent. Trop tard pour rebrousser chemin, surtout avec cet animal agité dans mes bras.

En tout cas, il est clair que cette invitation à Londres n'était pas de la part de mon père une expression de pur altruisme et bonté de cœur…

Ce jeune père copain vieillissait à vue d'œil, et moi avec !

Et lui qui ne remarque jamais mes cheveux propres ni mes efforts d'habillement ouvre grands les yeux sur ma montre et s'exclame :

– Tu as une Patek Philippe, toi ?

SILENCE OU SUICIDE ?

De retour à Paris, je ne peux pas cacher l'état de mes nerfs – un filet de pêche emmêlé et prêt à craquer.

Surtout ne me parlez pas ! PLEASE !

Si, pitié, parlez-moi !

Les deux mères rôdent autour de moi comme deux vampires prêtes à me mordre. Elles meurent d'envie d'entendre le compte-rendu de mon fabuleux week-end à Londres et je voudrais tant les satisfaire. Au moins, ça me permettrait d'évacuer le traumatisme.

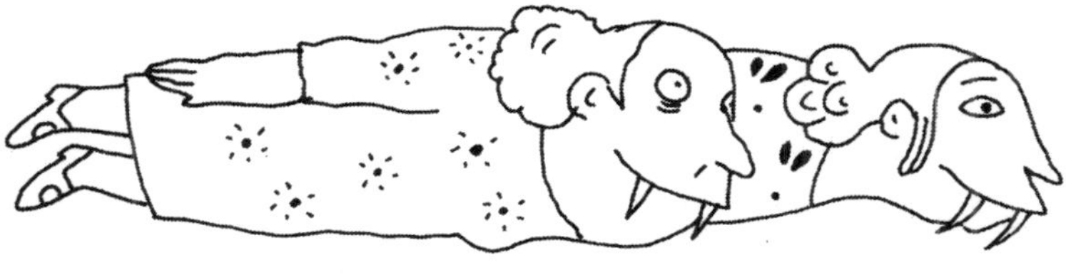

– Commence par le tunnel sous la Manche, dit maman.

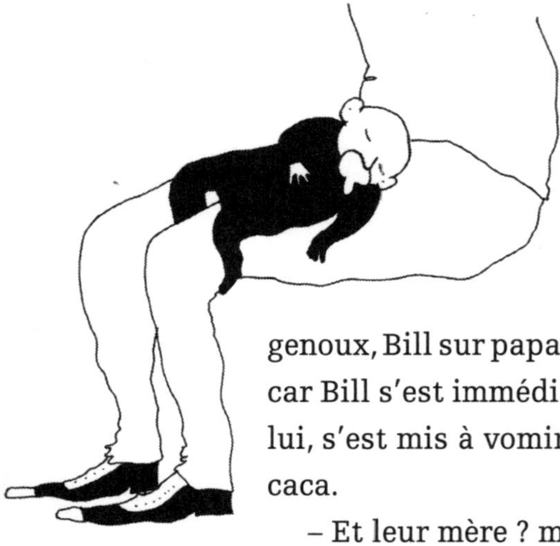

– Bob était sur mes genoux, Bill sur papa. Il a tiré le bon numéro car Bill s'est immédiatement endormi. Bob, lui, s'est mis à vomir… sur moi ! Et à faire caca.

– Et leur mère ? me demande Omama.

– Elle a eu la très bonne idée de se débiner. J'aurais dû l'imiter.

– Et la fille au pair ?

– Tu l'as devant toi ! Sans diplôme ! Mais puisque les voyages sont censés former la jeunesse, j'en ai profité pour prendre une décision importante.

– Ah bon ? Laquelle ?

– Je n'aurai JAMAIS d'enfant.

Avant qu'elles puissent réagir, le téléphone sonne. C'est Dorélie.

– Tu as annoncé la bonne nouvelle à ta famille ?

C'est vrai que je n'en ai parlé à personne. Mais à qui aurais-je pu en parler ? À mon père avec son rendez-vous et ses bébés monstres ? À ma mère qui vit dans sa bulle ? À ma grand-mère qui sera tellement fière que j'en serai gênée ? Pour raconter, il faut disposer d'oreilles réceptives. Et je n'ai toujours pas trouvé l'entonnoir qui correspond à celles de mes proches.

– Pas encore ! J'étais à Londres ce week-end, je dis comme une snobinarde habituée aux capitales européennes – pas comme une personne qui a passé son week-end à prier pour qu'elle survive jusqu'à dimanche soir.

– À Londres ? La chance ! J'en rêve. Je comprends mieux pourquoi tu n'as pas répondu au téléphone !

– Moi, j'aurais rêvé de t'avoir avec moi pour promener mes frères nains sous la pluie, pour les changer toutes les cinq minutes et essayer de les calmer quand ils piquaient des crises.

– Et leur mère ?

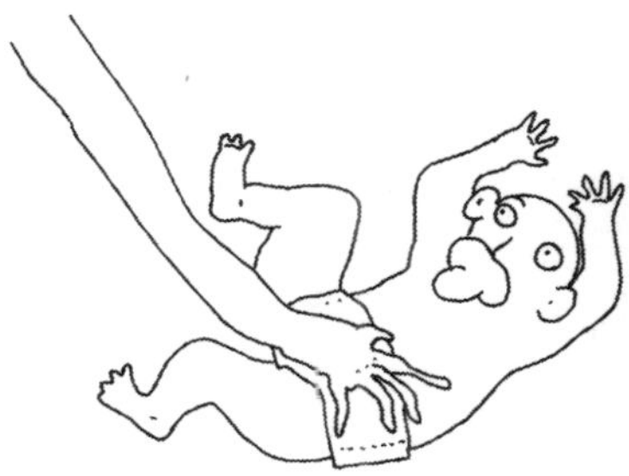

– C'était moi pendant deux jours.

– Et ton père ?

– Réunion avec des Anglais... Je pense qu'il s'est disputé avec sa femme et que, pour la « punir », il a enlevé ses poupons. Sauf qu'elle a dû être aux anges !

– Mais tu as vu Londres, au moins !

– J'ai même vu la reine...

– Veinarde !

– ... à la télé avec les deux monstres qui braillaient.

– Et Big Ben ?

– Je n'ai vu que les quatre murs de ma chambre d'hôtel.

– Et le petit déj ?

– Ni crumpets ni scones !

– L'arnaque quoi...

– Une vraie galère ! Mais j'aimerais tant y retourner. Cette ville a vraiment quelque chose. Je sais que je me sentirais bien, là-bas... sans les pygmées. Il faut qu'on y aille ensemble...

– Tu pourrais me payer le voyage si tu gagnes !

J'avais touché par inadvertance le bouton haut-parleur et ma mère et sa mère ont ouvert grands leurs oreilles et leurs yeux.

– Si tu gagnes quoi ? chantent-elles en chœur.

Oublié, mon récit londonien ; il me restera sur l'estomac comme une brûlure. Je sais pourquoi ma mère a eu du mal à vivre avec mon père. Mais j'ignore toujours tout du mariage de ma grand-mère. Et si je lui demandais à brûle-pourpoint ?

Mais voici ma mère qui, au lieu de me remonter le moral, louche sur mon poignet et s'exclame :

– Tu lui as donné la Patek Philippe ?

OREILLES OU BOUCHES ?

Elles semblaient enfin prêtes à entendre la « bonne nouvelle ».

– Dorélie en fait tout un plat, ai-je prévenu, mais...

– De quoi ?

– Voilà : la prof de français a sélectionné deux élèves pour participer à un concours, mais ce n'est pas vraiment un concours.

– Et c'est toi qu'elle a choisie ? demande maman.

– Cela ne m'étonne pas ! ajoute Omama.

Et ma mère :

– C'est quoi exactement ?

– Je ne sais pas *exactement*. La prof a parlé d'un mécène qui aime faire écrire les jeunes. Il doit nous réunir dans son domaine à Deauville pendant un week-end, tous frais payés. Et il offre 5 000 euros au gagnant. Ça s'appelle « Écrivains en herbe » ou quelque chose de ce genre.

– C'est fantastique ! s'exclame Omama. Ton père doit être content ! Tu lui as dit ? Tu dois avoir hérité de sa créativité.

– Pas eu le temps ! Nous nous amusions trop avec ses bébés rappeurs. Je n'ai pas pu placer un mot.

– C'est quand ?

– Pendant les vacances de la Toussaint.

– Où ?

– Je te l'ai dit : Deauville. On peut y aller en train.

– Combien de participants ?

– Aucune idée. Un paquet, je pense.

– Qu'est-ce que tu vas faire avec l'argent, si tu gagnes ? demande Omama comme si j'avais déjà gagné.

Si c'est pour devenir écrivain, elle ne veut rien savoir. Si c'est pour l'argent, elle est d'accord.

– Je vais t'emmener faire un tour sur la Lune !

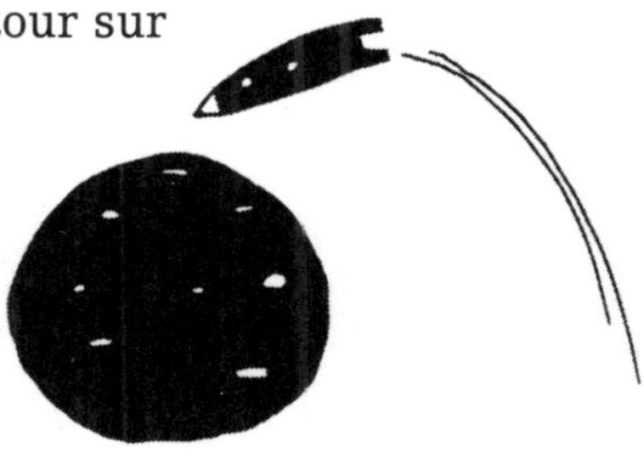

– C'est trop loin.

– Alors où ?

– À Prague. J'ai toujours voulu aller à Prague.

– Qui est l'autre élève ? intervient maman. Dorélie ?

– Carl.

– Le petit Carl de la maternelle ?

– Il a grandi, depuis.

JEANS OU JUPE ?

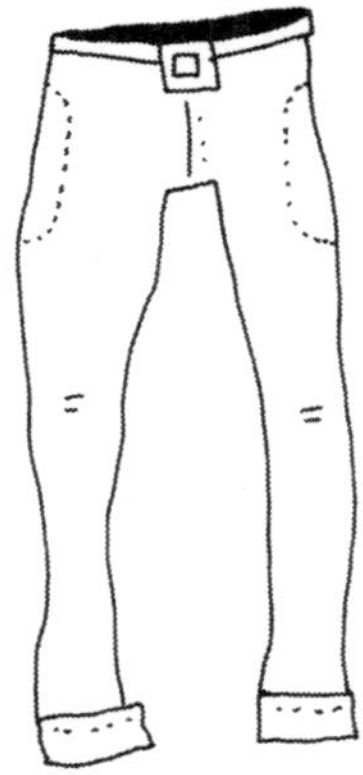

Mine de rien, le fait d'avoir lâché le morceau donne à ce concours une espèce de réalité, de glamour, de prestige. J'ai plus ou moins digéré mon week-end à Londres et les mères me traitent avec une nouvelle estime. Pourtant, elles ont toujours su que je suis bonne élève.

Depuis l'annonce de la « bonne nouvelle », il paraît que Carl me regarde. C'est Dorélie qui me l'a dit, mais je n'ai pas osé vérifier. Je suis étrangement timide quand il s'agit de lui. Trop d'enjeux. N'empêche que je m'habille un peu mieux depuis que je soupçonne ses yeux sur moi – j'aimerais tant que ce soit ses mains !

C'est-à-dire que je réfléchis plus. Je fouille dans ma penderie, je dérange mes tiroirs ; j'essaie trois pantalons, deux jupes et même une robe avant de me décider. J'hésite entre baba cool et distingué, classique et osé, sévère et informel. Et puis je remets une nouvelle version des

vêtements de la veille, de l'avant-veille, de la semaine dernière et du mois précédent. Comme le disait Shakespeare : « Beaucoup de bruit pour rien. » La montre Patek Philippe se charge de donner de l'élégance à mes loques.

Est-ce que Carl se rend compte que je m'habille presque toujours pareil ? Mes vêtements sont comme ma peau : je n'en change pas tous les jours. Deux jeans, quatre tee-shirts : je ne me sens bien que dans ses habits-là, qui sont pour moi comme un vieux doudou qu'on tripatouille.

Quand je rentre du collège, Omama me sert une tasse de thé et m'offre un paquet que j'ouvre aussitôt.

– C'est pour ton excursion « concours », précise-t-elle.

Jane Austen aurait peut-être aimé cette robe lourde et sculpturale qui semble dater du XIXe siècle avec sa taille fine et sa jupe large tombant à mi-mollet.

– C'est très à la mode, Omama, mais il faudrait une malle pour la ranger. (Je n'ai pas précisé à la mode de quelle époque pour ne pas la vexer.) Où l'as-tu trouvée ?

– Dans une boutique vintage. Mais tu as raison, elle est lourde. Je m'en suis rendu compte en la transportant.

– C'est vraiment gentil, Omama, mais je pense que nous serons jugés sur notre écriture, pas sur nos habits.

– Tu as raison. Les imbéciles voient les vêtements, les sages voient l'esprit. Mais j'aimerais quand même réussir, un jour, à t'acheter quelque chose que tu aimerais.

– Nous irons ensemble, si tu veux ?

L'infusion a dû me mettre de bonne humeur. Faire du shopping ? Faire du shopping avec ma grand-mère ? Avec ces milliers de chiffons autour de moi ? En choisir un parmi ces milliards ? L'horreur !

J'ai besoin de la bonne fée de Peau d'âne.

– Tu faisais les courses avec mon grand-père ?

J'essaie toujours de trouver des astuces pour la faire parler. En vain.

GENTILLESSE OU CHARISME ?

Comme l'expédition shopping n'est pas pour tout de suite, je suis à l'abri. La bouche d'Omama reste cousue en ce qui concerne feu son mari et maman préfère se taire plutôt que de dire du mal de mon père, ce que j'apprécie. On peut rater son mariage et réussir son divorce. Omama dit souvent : « Même un mauvais mariage peut produire de bons enfants. » Est-elle divorcée, elle aussi, ou est-elle devenue veuve ? Je sais que ma mère n'a jamais connu son père.

Maman est sur un petit nuage depuis qu'elle a rencontré son prince charmant. Son aura de stressée permanente semble l'avoir quittée. C'était donc vrai : l'amour change tout. *All you need is love*, dit la chanson (un bon livre peut aussi faire l'affaire !).

Je ne me rappelle pas bien comment elle était du temps où elle vivait avec papa, mais elle a toujours été un peu hystérique. Il me semble qu'elle criait et pleurait beaucoup. Après la

séparation, Omama s'est installée chez nous et s'est occupée de toutes les tâches matérielles que papa n'avait jamais supportées. Ça a été un soulagement pour maman ; elle était libre de faire son travail et de gagner sa vie pour nous. Elle en a tiré une sorte d'équilibre mais toujours accompagné d'un sentiment de solitude évident.

Et maintenant c'est Hubert par-ci, Hubert par-là, Hubert a dit que et Hubert m'a amenée ici ou là ; Hubert est venu me chercher au travail, Hubert est génial, Hubert…

Existe-t-il, au moins, cet Hubert ?

On verra. On verra ce soir même puisque Hubert dîne à la maison. Omama s'est donnée à fond les casseroles pour préparer un repas trois étoiles. J'ai plié les serviettes façon origami et dressé une table pour un roi. J'ai même osé mettre la robe XIXe siècle qu'Omama m'a achetée dans la boutique qu'elle appelle vintage et que j'appelle friperie. Je ressemble à une parfaite cruche.

Je m'attendais à tout sauf à l'homme qui est entré par la porte derrière maman : un bon grand-père avec une barbe blanche digne du père Noël. Il a l'air assez vieux non pas pour être son père mais pour être son grand-père ! Est-elle constamment à la recherche de ces deux figures qu'elle n'a jamais eues ?

Il est comme il est : timide et gêné, muet et voûté, paniqué. Mais quand il voit ma montre, il me prend le poignet et dit :

– Une Patek Philippe est une valeur sûre.

Qu'est-ce qu'ils ont tous avec cette Patek Philippe ?

Je pense à papa, complètement irresponsable mais tellement juvénile, adorable, beau, pétillant, stimulant. J'étais sûre que maman allait ramener l'équivalent, en plus charismatique encore. Au moins, ils ont en commun leur connaissance des montres.

Mais il y a en cet Hubert quelque chose de bienveillant qui apporte un peu de sérénité à notre maisonnée électrique. Il parle lentement et peu. Il mange lentement et beaucoup. Il sourit en permanence. Il apprécie les efforts d'Omama et regarde maman comme les moines doivent regarder la Vierge Marie, comme si elle avait inventé Dieu.

Il n'est pas beau, il n'a pas de charme, et d'après maman il n'est même pas riche. Elle ne pourra pas se pavaner avec lui devant ses copines comme avec un trophée. Mais il émane de lui une sensation de bien-être et de paix. Maman est tellement plus équilibrée depuis que Hubert est entré dans sa vie. Elle a adopté le même sourire que lui et quand vous souriez, la vie vous sourit.

Commentaire d'Omama : « La plus grande sagesse, c'est la gentillesse. »

Moi, je ne peux m'empêcher de penser à Carl. Je sais qu'il est intelligent, beau, grand, sérieux et qu'il adore lire, mais est-ce qu'il est gentil, drôle, sociable, généreux, responsable, fiable, hilarant, patient, spirituel, solide, passionné, engagé, motivé, aimant, tendre, ouvert, loyal, attentif, aventureux, osé, enjoué, authentique, intuitif, stable, confiant, attentionné, modeste, ambitieux, pratique, mûr, fort, intègre, courageux, câlin, terre à terre, doué, courtois, respectueux, positif ?

Oh, je m'en fous, après tout !

LA FAMILLE DES AUTRES OU LA MIENNE ?

La famille de Dorélie mériterait une série télévisée américaine des années cinquante. Ils vivent dans une petite maison bucolique en plein Paris, où tout est rangé, astiqué, bien choisi. Une vraie demeure de conte de fées. Pas comme chez nous avec les meubles d'Omama et des trucs et des machins à profusion. Chez les Doré, pas d'encombrement, aucune pagaille ; tout donne une impression d'harmonie, il n'y a rien de trop et il ne manque rien.

À l'intérieur, il y a une maman, Marianne, un papa, Pierre, un grand frère, Daniel, et Dorélie. Marianne a étudié l'architecture mais ne travaille que pour sa maison et sa famille, plus un peu de bénévolat aux Restos du cœur. Elle bichonne son logis, cuisine des plats sophistiqués et s'occupe de ses enfants jusqu'à coudre des tenues archi-mode pour Dorélie et des chemises pour Daniel, tout en s'occupant d'elle-même pour avoir des jambes

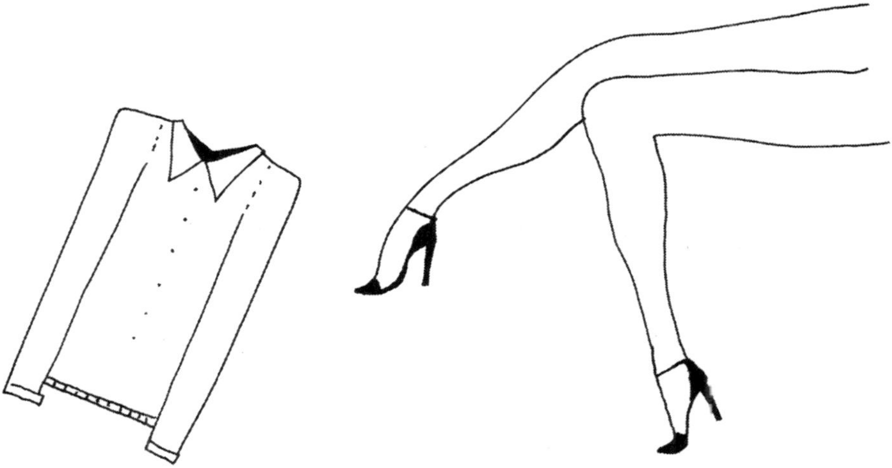

lisses et chaque cheveu en place. Maquillage irréprochable et vêtements de top model.

Daniel est le frère et le fils dont on rêve tous. Il aide sa sœur à faire ses devoirs, débarrasse la table, se consacre aux invités qui dînent chez eux, demande des nouvelles du travail de son père qui est banquier. Il est bon élève de seconde et peut passer deux heures de suite sans consulter ses SMS.

Et Dorélie… Mignonne à croquer, adorable, gentille. Dorélie qui aide sa mère, est affectueuse avec son père et idolâtre son frère. Elle a une chambre de marquisette, elle est parmi les meilleurs de notre classe, plutôt matheuse que littéraire, et tout le monde l'adore.

Quand je passe une soirée chez eux, chaque instant est agréable et j'ai l'impression de flotter dans une bulle hors du monde. Je ne peux m'empêcher de songer : « Pourquoi pas moi ? »

Mon amie a deux paires de grands-parents : l'une possède un appartement dans une station de ski et l'autre une maison à la mer, dans le sud de la France. J'ai testé les deux, qui reproduisent exactement l'ambiance de chez les Doré. Atmosphère feutrée, gentillesse de rigueur.

Je ne vois chez les Doré que l'idéal de la famille parfaite : sans Bill ni Bob, sans belle-mère acariâtre, sans père biologique fuyant et nonchalant, sans mère amoureuse d'un vieillard et sans grand-mère qui offre des déguisements has been à sa petite-fille plutôt que d'acheter une maison de campagne où tous pourraient enfin respirer loin de la pollution citadine. Mais on a la famille qu'on a. Si on peut changer soi-même, tenter de s'améliorer, on ne peut pas, hélas !

troquer sa naissance contre une autre. Ce qui est fait est fait.

Il ne me reste qu'à me ronger de jalousie en présence des Doré en me demandant pourquoi j'ai hérité, moi, d'une famille aussi imparfaite.

Ce jour-là, pourtant, mes pieds ont choisi un itinéraire inhabituel. Une rue ombragée et inconnue. Et j'ai vu Pierre Doré, père respectable, mari heureux, au volant de sa voiture garée dans une petite rue derrière le collège, avec dans ses bras, plaquée contre lui, bouche contre bouche, la prof de français.

DÉODORANT OU CANCER ?

Bon ! C'est décidé ! Je garde ma propre famille !

La question de mon infidélité à mon itinéraire habituel et de celle de cet homme si bien dans sa famille et apparemment comblé par le destin tourne en boucle dans ma tête toute la journée. Pourquoi a-t-il fallu que j'assiste à cette scène ? Si je n'avais pas de secrets pour Dorélie, j'en ai un maintenant. Un mystère de plus dans ma vie !

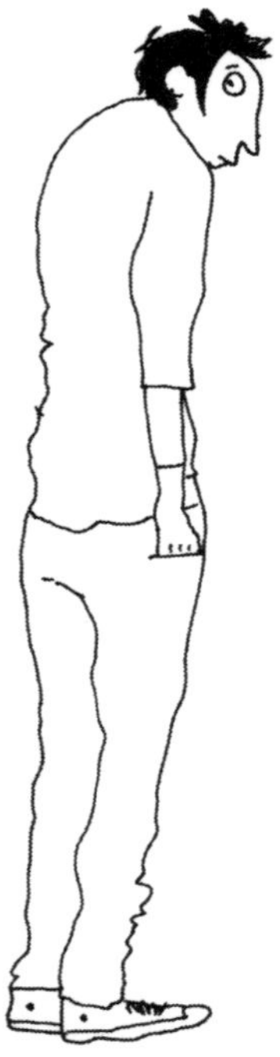

Carl ne s'affiche pas avec Zara – elle, séductrice en série, poursuit une nouvelle proie tous les jours. Plusieurs fois, j'ai eu l'impression qu'il s'approchait de moi et hop ! demi-tour. Peut-être veut-il parler du concours et de notre éventuel départ ensemble ?

Comme tous les jours, Omama m'attend derrière la porte, mais, au lieu des questions classiques, elle croasse : « Pouyah ! » en pinçant son nez. Elle se concentre chaque semaine sur une de mes tares : tantôt mes cheveux, tantôt mes ongles de pieds, souvent mes vêtements et aujourd'hui c'est son odorat qui se réveille.

– *Pouyah ?* je répète.

Et avec sa finesse et son tact coutumiers, elle me hurle :

– Oh là là, tu pues !

La diplomatie n'est pas sa plus grande qualité.

– Je pue ?

– Tu pues de folie. Tu entres dans une pièce et l'odeur remplit tout.

– Moi ?

– Toi !

– Je vais prendre une douche.

– Bonne idée, mais ça ne va pas suffire.

C'est peut-être pour ça que Carl fait demi-tour chaque fois qu'il me croise.

Sous la douche, je ne chante pas. Je me lamente : voici un problème que j'ignorais avoir. Odeur corporelle. J'entends claquer la porte d'entrée et me lave comme un oiseau mazouté.

Je me mets directement en pyjama et je fais un tour à la cuisine pour soulever les couvercles des casseroles. Je suis sur le point de goûter un ragoût

et Omama me prend en flagrant délit de manger avant le repas. Elle enlève son manteau et me tend une bombe de déodorant qu'elle vient d'aller acheter.

– Tu fais quelques pshitts tous les matins et tu es une fleur toute la journée, précise-t-elle.

Elle a bien appris la leçon en regardant la télé.

– Mais, Omama, c'est extrêmement cancérigène.

– Tout est cancérigène ! Tu préfères sentir mauvais ?

– Il doit y avoir d'autres solutions. Que faisaient les gens avant d'avoir ces produits nocifs ?

– Ils puaient.

– Alors puons tranquillement !

– Plutôt mourir !

– Ne sois pas ridicule, Omama. La transpiration est bonne et naturelle. Elle aide à éliminer les toxines. Je vais étudier la question.

Mon université électronique, mon gourou Google et mes conseillers en toute chose me recommandent de manger sainement (je traduis : pas à la cantine), de prendre des probiotiques pour la flore intestinale, d'éliminer le stress

(je traduis : zapper le collège), de faire une détox et d'essayer des remèdes naturels tels que le vinaigre, le jus de citron, la vodka, les bains de sel. Ils recommandent aussi de se raser les aisselles, d'éviter les fibres synthétiques, de rester sec et de changer souvent de vêtements.

J'ajoute : ne respirez plus, ne bougez plus, ne vivez plus. Voilà la solution aux odeurs corporelles !

Je trouve dans la salle de bains les parfums de maman et m'en asperge de la tête aux pieds. Puis je rejoins Grand-Mère qui hurle :

– Tu pues encore plus qu'avant. C'est irrespirable.

Ça me donne l'idée du siècle : je retourne à la salle de bains et je fais un mélange de tous les parfums (périmés) de maman. Et hop ! dans la bouteille vide de Chanel N° 5. Je tiens ma revanche. Je place cette « bombe » dans mon sac de cours.

J'imagine un conte de fées sur une princesse qui sent mauvais. Le roi, riche et puissant, offre la main de sa fille au prince qui pourra supporter son odeur. Et je suis sûre que l'homme qui m'aimera appréciera mon « parfum » naturel.

Hélas ! ça n'a pas l'air d'être Carl.

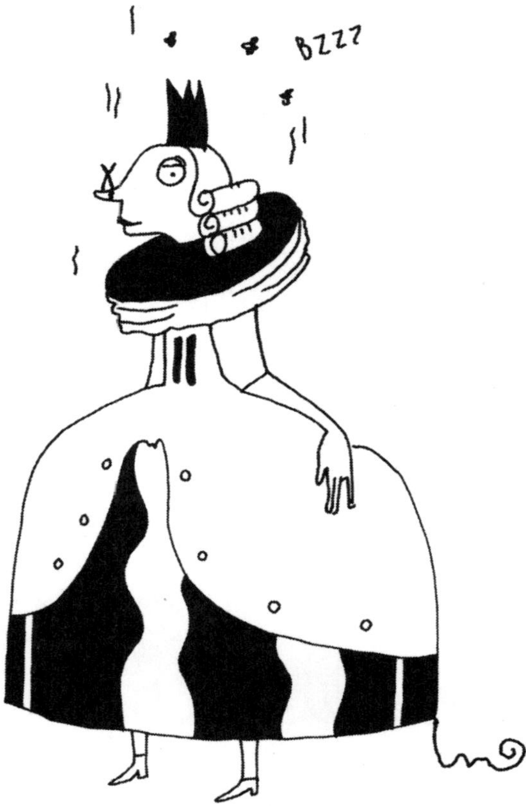

TÉLÉPHONE OU FACE-À-FACE ?

Ça, ce n'est pas Omama qui le dit : « Il faut souffrir pour être belle. » Je fais exploser la bombe anti-odeurs sous les aisselles et si j'en crois la pub, je devrais être en sécurité pendant vingt-quatre heures. Omama n'aura pas vécu pour rien.

Le fait que Carl m'appelle ce soir-là me confirme qu'il préfère ne pas affronter mon odeur.

– Bonnie ?

– Oui ?

– C'est Carl.

Je ne respire plus. Pas un son ne peut sortir de mon larynx.

– Je te téléphone parce que je n'arrive pas à t'aborder au collège.

Vas-y, dis-le : je pue !

Silence.

– Je voulais te demander si on pouvait envisager de faire le voyage à Deauville ensemble. Incroyable mais vrai, je n'ai jamais voyagé seul.

J'arrive à extraire quelques mots de mon gosier :

– Oui, bien sûr. Pour le concours.

– Je me suis renseigné et, en fait, ce n'est pas exactement un concours. C'est une sorte de tournoi. Les profs de partout en France ont envoyé les écrits de leurs meilleurs élèves. Il y a eu une première sélection, une deuxième sélection, disons un huitième et un quart de finale et nous avons été retenus pour la finale.

– On sera combien, tu le sais ?

– Quatre. Ma mère a téléphoné. Elle n'allait pas laisser partir son fils unique à l'aventure sans en savoir plus.

– Tu parles d'une aventure !

– En fait… (Carl met des « en fait » partout, c'est un genre de tic de langage.) En fait, c'est un homme connu, un industriel qui a une passion pour l'écriture et veut encourager les jeunes à écrire.

– Un fou dangereux, peut-être ? (Ma parole a retrouvé son aisance.) Un pédophile ?

– Ma mère s'est renseignée. En fait, c'est un bon père de famille, un grand-père même… (Moi, je les connais, les « bons » pères de famille…) Il organise ça tous les ans et personne n'est encore mort.

– Il y a toujours une première fois !

– Il paraît que nous allons passer un week-end de rêve. J'ai eu le programme.

– Je préfère la surprise.

– Moi aussi, mais pas ma mère.

– On ira en train ?

– Oui, ma mère pense que c'est la meilleure solution et la plus rapide. Il faut à peu près deux heures. Elle fera les réservations.

– C'est très gentil de sa part…

– Oui, et elle me fait écrire tous les jours. Et toi ?

– Moi, j'écris tous les jours dans mon journal intime. Je ne pense pas qu'on puisse se préparer, on ne sait même pas ce qu'il va nous demander. *Qué será será*.

– C'est dans deux semaines…

– Ça va arriver vite.

– Comme la vie, en fait.

Parler avec Carl *en fait* n'est pas si difficile, *en fait*. Même si, *en fait,* on ne dit pas grand-chose.

Omama rôde autour de moi – il faut toujours qu'elle sache tout. J'attends qu'elle me questionne, ce qui ne tarde pas.

– C'était qui ?

– Omama, je te dis tout. Tu me poses des questions et je réponds. Si je te pose des questions, moi, est-ce que tu vas me répondre ?

– Une seulement.

– Quelle est l'histoire de mon grand-père ?

– Il est né en 1922 en Allemagne.

– Alors il était beaucoup plus vieux que toi !

– Dix-sept ans. Il était soldat pendant la Deuxième Guerre mondiale.

– Dans l'armée de Hitler ?

– Oui. Il a été envoyé en France, à Paris, et il y est resté.

– Vous vous êtes rencontrés à Paris ?

– J'ai dit une question. Alors c'était qui au téléphone ?

– Carl.

– C'est qui, Carl ?

– Mon amant.

– C'est bien ! À quoi sert l'amour si on n'a personne à aimer ?

OMAMA OU MAMIE ?

Si je n'ai aucun grand-père, j'ai deux grands-mères. Est-ce que je veux de ce grand-père nazi qu'Omama vient de me donner ? Mes deux grands-mères ne peuvent pas se voir, mais ce n'est pas un problème car l'autre, la mère de mon père, est aussi présente et fidèle que lui. Elle déteste ma mère mais j'éprouve une certaine satisfaction à savoir qu'elle avait raison de dire à son fils de ne pas se marier avec elle. Qu'est-ce qu'elle doit penser de cette Catherine et de ses deux mômes ! Est-ce qu'elle les voit autant qu'elle me voit ?

Je vais vite le savoir car sa conscience annuelle de grandmerditude s'est réveillée, et elle m'invite à déjeuner avec elle dans un palace parisien. Elle habite à Cannes dans un grand hôtel. Elle ne veut pas s'encombrer des tracas d'une maison au quotidien. Je ne suis allée la voir là-bas qu'une fois. Elle m'a réservé une chambre et j'étais traitée comme une vedette du Festival de Cannes. Ce n'est pas qu'elle soit une grand-mère gâteuse,

c'est juste que les rares fois où nous nous voyons, elle m'entraîne dans son train de vie, un train somptueux comme j'imagine l'Orient-Express. Elle a eu plusieurs maris. Elle les échange l'un après l'autre pour un plus riche, et ça paie.

Bien habillée et coiffée, ongles peinturés, cheveux courts et blonds de midinette, elle attire encore les hommes. Le premier, le père de mon père, était selon elle le meilleur de tous, sauf qu'un accident de voiture lui a enlevé la vie. Mon père a connu ensuite une série de beaux-pères, tous plus nuls les uns que les autres.

– Si seulement elle m'invitait, moi ! dit Omama qui salive en songeant au menu d'un chef renommé. Après tout, nous partageons une petite-fille.

– Vous ne me partagez pas. Je suis toute à toi ! Je mettrai ta robe, comme ça tu participeras un peu, et je te rapporterai mon dessert.

Mamie Colette m'attend à table – trois verres et quatre fourchettes par personne. Elle fait une grimace en découvrant ma robe Jane Austen. J'ai fait exprès de la mettre pour la provoquer. Elle ne me dit ni « Bonjour » ni « Comment ça va ? » ; elle fixe mon poignet et m'interroge :

– Où as-tu eu cette Patek Philippe ?

– C'est Omama qui me l'a offerte.

Concurrente indigne dans la rivalité entre grands-mères, elle enlève sa montre et me la donne.

– Tiens, celle-ci est plus féminine.

C'est la première fois qu'elle m'offre quelque chose. Je mets la montre sur mon poignet droit, le gauche étant occupé par la Patek Philippe, et lis la marque : Cartier.

– Merci ! je dis. Je vais commencer une collection.

– Fais attention à ne pas la perdre. Elle te fera un acompte pour un futur appartement.

– Je ne vendrai jamais ton cadeau, Mamie.

Quoique… si je vendais les deux montres, je pourrais peut-être acheter un quatre-pièces ? Je suis aussi heureuse avec une montre de pacotille. Une chambre à moi contre une montre ?

Que c'est laborieux de déjeuner avec elle ; heureusement que cela ne m'arrive pas souvent. Et maintenant j'ai deux montres pour observer le temps qui peine à passer.

Je fais de grands efforts, je rame à la recherche de sujets de conversation. Cannes est loin de Paris et je remercie la France d'être aussi grande.

– J'ai décidé de me rapprocher de toi, déclare-t-elle soudain. Je m'installe à Paris.

– À l'hôtel ?

– Bien sûr. Tu vois l'avantage : je quitte Cannes sans obligation de vendre, sans meubles, sans gestion. Je m'installe au Bristol.

– C'est où ?

– 8e arrondissement, il y a même une alvéole pour toi avec un lit.

– Et pour Bob et Bill ?

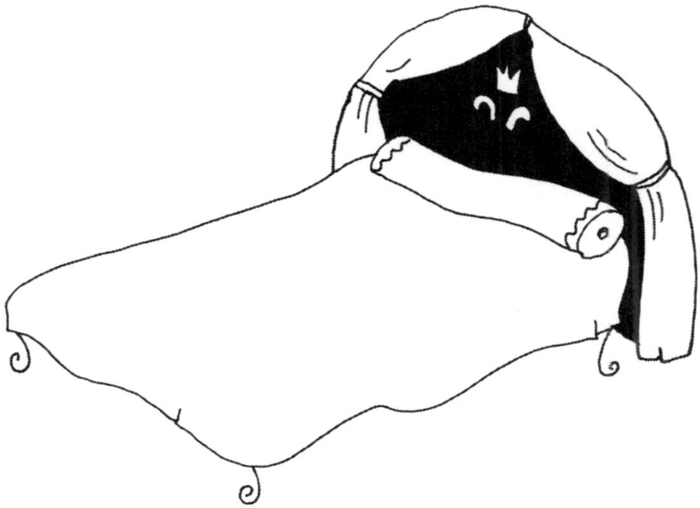

– Ne m'en parle pas. On attendra leurs treize ans, comme toi. J'aime mes petits-enfants plus mûrs.

– C'est pour quand ?

– C'est fait. Et je t'invite le week-end prochain.

– Je serai à Deauville le week-end prochain. Vacances de la Toussaint.

Manifestement, Deauville lui fait un certain effet.

– Avec ta mère ?

Elle a dit ça comme si elle avait dit : « Avec Frankenstein ? »

– Non, avec Carl ! je réponds sans plus de détails.

Elle n'en demande pas davantage et je ne sais pas si elle écoute et percute.

Je quitte l'hôtel avec le sentiment amer d'être atypique, anormale, aberrante entre mes parents divorcés, eux-mêmes fils et filles de parents divorcés ou morts, et avec mes grands-mères bizarres.

Et j'ai une fortune sur mes poignets.

SE MARIER OU RESTER CÉLIBATAIRE ?

Côté père, il semble qu'on assiste à une intensification de la conscience que j'existe. Je soupçonne la motivation du baby-sitting gratuit... Invitée à dîner chez lui, je mendie une place à table pour Dorélie. Je sais qu'il va dire : « Plus on est de fous... » Surtout que ça fera un gardien de la paix en plus entre Bob et Bill. Mais il hésite et demande un instant pour « consulter son gouvernement ». Il me promet de rappeler dans dix minutes.

Une heure plus tard, il m'annonce que Dorélie peut m'accompagner, comme s'il avait gagné la bataille d'Austerlitz.

En sortant de l'ascenseur, nous entendons déjà les cris.

Papa ouvre la porte avec un Bob infernal dans les bras. Catherine n'a pas daigné sortir de son boudoir. Est-ce qu'elle fait la tête ? La table n'est pas mise, aucun parfum ne provient de la cuisine ; la maison est sens dessus dessous et la tension est électrique.

Les nourrissons se taisent pour boire leurs biberons. Nous les couchons et mon père nous lance :

– Sortons, les filles.

Il nous pousse dehors en claquant la porte.

– Ta fille est bien accueillie chez toi ! je dis.

J'essaie de me rappeler de ma vie avec mon père quand j'avais l'âge de Bill et de Bob. Aucun souvenir. M'a-t-il donné le biberon et changé les couches avec autant d'entrain qu'à ses mini-mâles ?

– Oh, ne le prends pas mal. C'est difficile pour elle d'accepter que j'aie eu une vie avant elle, que j'aie une grande fille que j'aime autant que les deux nouveaux venus.

– Tu ne m'as pas cachée d'elle. Elle savait à quoi s'attendre.

– Elle ne pouvait pas savoir avant d'être confrontée à la situation.

– On peut pas dire que je prenne beaucoup de place dans ta vie. En dehors de ce week-end époustouflant à Londres…

– C'était chouette, non ?

Il n'a vraiment pas idée à quel point c'était « chouette ». Mon père est un inconscient-né. Je ne vais pas le changer, lui, alors je change de sujet.

– Qu'est-ce que tu penses de l'installation de ta mère à Paris ?

– Elle déteste Catherine ! Et depuis cette nouvelle malvenue, Catherine est de mauvaise humeur.

– Ça lui arrive d'être de bonne humeur ?

J'aurais dû lui apporter un sachet de thé « Bonne humeur » de Grand-Mère.

– À vrai dire, pas souvent… C'est l'enfer !

– Pourquoi tu t'es marié avec elle, alors ?

– Pour faire ce que l'homme fait de mieux : répéter les mêmes erreurs.

– Tu aurais dû écouter ta mère cette fois aussi…

– Aurais dû, aurais pu… c'est mon mantra ! Mais je ne te regrette pas, ni les brailleurs.

– En tout cas, vous n'êtes pas une pub pour le bonheur dans le mariage, dit Dorélie qui a vu mieux, mais qui ne sait pas tout.

– Il y a des gens qui réussissent vraiment, offre mon père comme un espoir pour notre avenir.

– Papa, qu'est-ce que tu sais de ton propre père ? Je suis en train de faire mon arbre généalogique.

Ce n'est pas vrai, mais je me renseigne.

Il a l'air sonné par la question.

– À vrai dire… RIEN !

– Il serait peut-être temps de demander à ta mère, non ? Et tes grands-parents paternels ?

– Je ne les ai jamais vus.

Nous sommes une famille désunie et sans passé. Mais a-t-on besoin d'un passé ?

GUERRE OU PAIX ?

Je suis déterminée, pour une fois. Je pense à ce que Zara m'a fait le jour de la photo de classe et je sens encore l'huile sur ma tête.

Il faut que je la trouve.

Ce n'est pas difficile puisqu'elle part aux toilettes entre chaque cours se refaire une beauté, au cas où une de ses mèches serait sortie du lot.

Sans surprise, je la trouve devant un miroir en train de se coiffer et d'admirer son visage sans le moindre bouton.

J'entre dans un des W-C, sors ma « bombe » et ôte le couvercle. Pour puer, ça pue à 3 kilomètres à la ronde. Je m'approche des lavabos et, par une maladresse tout à fait préméditée, je heurte Zara et l'asperge du faux Chanel.

– Désolée ! je dis comme un terroriste qui aurait hâte de se disculper.

Elle va mettre des mois à se débarrasser de ce poison.

– Mais quelle cruche ! Salope ! Ordure ! (Je vous épargne tous les noms d'oiseaux qu'elle fait pleuvoir sur moi.) Ça pue l'enfer ! Qu'est-ce que je vais faire, maintenant ?

– Il y a des douches au gymnase, lui dis-je avec innocence avant de l'abandonner à sa puanteur.

Je suis vraiment une fille serviable… J'ai un sourire d'une oreille à l'autre et même au-delà. Et comme chantait Édith Piaf : « Rien de rien, je ne regrette rien. » Le crime parfait.

J'ai gagné une bataille mais est-ce que j'ai gagné la guerre ?

Maintenant, quelle sera sa revanche ?

SILENCE OU PAROLE ?

Je n'ai jamais vraiment parlé à la mère de Carl, mais je la connais depuis longtemps car elle venait chaque jour chercher son trésor à l'école. Éternellement en jeans, divorcée depuis encore plus longtemps que mes parents et plus grande sœur que mère, elle est toujours souriante et semble contente de son sort. Incroyable que Carl soit coincé, angoissé et grave à ce point avec une mère pareille. Peut-être tient-il de son père ? En tout cas, sa mère, Juliana, et mon père, Jules (incroyable non ?), iraient très bien ensemble.

Cette femme est tellement effervescente que ma mère semble hésiter à me laisser partir. Peut-elle vraiment confier sa fille unique à cette fofolle ?

Mais Carl saisit ma valise, la case dans le coffre et s'installe derrière, me laissant la place du mort. Je proteste ; il insiste :

– C'est juste pour nous conduire à la gare.

– Quelle belle journée d'automne pour voyager ! s'exclame Juliana. Et moi j'en profite pour aller à la campagne avec des amis. Je suis ravie !

Le chemin est embouteillé et personne ne parle. On écoute France Inter ; rien de bien réjouissant. Franchement, je ne comprends rien à l'info à part que nos chefs sont des cancres qui n'arrivent pas à assurer, que les journalistes aiment s'écouter et que l'on nous cache l'essentiel.

Aussi dégoûtée que moi, Juliana éteint la radio et proclame :

– C'est une belle aventure pour vous deux. Dommage qu'il n'y ait qu'un gagnant.

– Ce n'est pas tellement gagner qui est important, je lui réponds.

– C'est quoi alors ?

– C'est juste… vivre, comme vous dites… une aventure.

– Tu as raison. Mais c'est quand même bien de gagner. Et tu devrais me tutoyer…

C'est difficile pour moi de tutoyer un adulte – je ne tutoie même pas les parents de Dorélie. Mais le problème est résolu puisque nous arrivons à la gare Saint-Lazare.

Juliana s'en va, nous abandonnant à... ce qu'elle ne peut pas imaginer, et nous non plus.

AUTO-STOP OU VÉLO ?

La gare est une pagaille de voyageurs désorientés. Une foule compacte s'agglutine devant un panneau : « Grève surprise suite à l'agression d'un contrôleur ».

Nous nous sentons complètement impuissants.

Que va-t-on faire ? Ma mère n'a pas de voiture et je n'ai pas le numéro de mon père. Carl, qui a un portable, essaie de joindre sa mère, mais tombe sur son répondeur.

– Ça ne m'étonne pas, râle-t-il, elle ne répond jamais quand elle est au volant.

J'interroge un employé SNCF en lui montrant nos billets :

– Est-ce qu'il y a des autobus de remplacement ?

– Peut-être demain..., dit-il en haussant les épaules avant qu'un autre voyageur mécontent l'attrape pour déverser sa colère.

– Pas grave, dit Carl. On n'a qu'à rester à Paris. Je te montrerai mes coins favoris.

– Non ! On va y aller. On va faire ce qu'on a prévu de faire, je me surprends à dire. Suis-moi !

Je ne sais pas où je vais, mais pour une fois j'ai pris la décision de foncer. À l'extérieur de la gare, j'ai aperçu des Vélib ; on ira en vélo. Tant pis si je n'ai jamais appris à en faire.

– Tu sais comment ça marche ? je demande à Carl.

– On ne peut pas les sortir de Paris. Et puis c'est loin, Deauville.

– 179 kilomètres. C'est faisable, dit celle qui n'est jamais montée sur une bicyclette.

Carl hésite.

– Tu es sûre que c'est raisonnable ?

– Allez, il ne peut rien nous arriver. Et puis, on sera contents de l'avoir fait, tu ne crois pas ?

Il finit par sourire et se rallie à mon plan alors que mes yeux de lynx se posent sur un magasin de location de vélos.

– Allons-y, je lance tel un officier à l'assaut.

En traversant l'avenue, je confie à Carl ce secret honteux :

– Je ne sais pas faire du vélo, tu m'apprendras ?

– Comment est-ce possible ? TOUT LE MONDE sait faire du vélo. C'est comme marcher !

– Je n'ai pas eu un père pour me montrer et ma mère ne sait pas non plus. Ce n'était pas une de mes priorités, jusqu'à présent. Tu veux être mon père ?

– Ton père cycliste ? Pourquoi pas…

Dans le magasin, comme par miracle, il reste un seul vélo, un tandem, et Carl demande :

– On peut le louer ?

– Oui. Combien de temps ?

– Trois jours.

– Ou quatre, j'ajoute, craignant ma lenteur.

– C'est 40 euros par jour, plus la caution.

Carl sort sa Carte Bleue.

Je vois qu'il n'y a pas de place pour le bagage.

– On peut vous laisser nos valises ?

Le vendeur hésite, puis accepte. Je conseille à Carl de sortir l'essentiel, brosse à dents et slips, et de le caser dans son sac à dos. Il s'exécute et je l'imite.

Nous sortons avec notre tandem. Il fait beau à Paris. Carl sort son téléphone et trouve le GPS qui va nous guider vers Deauville. Il me place derrière lui sur le tandem.

– Ça va être facile, c'est moi qui vais faire le plus gros, mais il faut que tu pédales. Quand tu auras confiance en toi, tu pourras essayer de passer devant. On peut faire au moins 15 kilomètres par heure. Si on s'arrête pour manger les sandwiches que ta grand-mère a préparés, on y sera dans douze heures, à temps pour le dîner. Accroche-toi, on y va !

Je chante pour oublier ma peur. C'est romantique, mais il y a des camions et des voitures partout. Carl chante avec moi. Il improvise une mélodie sur les paroles : « L'union fait la force. » Je ne vois pas son visage mais je sais qu'il sourit.

L'audace et la détermination vont payer ! Si on ne meurt pas avant…

RICHE OU MOYEN ?

J'espère que le sujet de notre « concours » sera « Un voyage extraordinaire ». J'ai faim, je suis fatiguée, mais hors de question de nous arrêter pour manger nos sandwiches.

Nous arrivons à Évreux épuisés, mais je ne nous ai fait tomber qu'une seule fois. Je suis tout heureuse que mon idée ait marché et d'avoir enfin appris à faire du vélo – devant et derrière ! Je suis fière que nous n'ayons compté que sur nous-mêmes et que, grâce à l'intelligence de Carl pour suivre le GPS, nous soyons à mi-chemin de notre but, mais je n'en peux plus. Le soleil nous a accompagnés presque tout le long. La mère de Carl a téléphoné soixante-dix-huit fois et à chaque coup de fil, Carl a inventé une histoire. Il ne voulait pas dire que nous étions à vélo.

Je ne suis pas une lâcheuse, mais vraiment,

continuer à pédaler est au-delà de mes forces. Ça fait cinq heures et demie que nous roulons. Pour une première fois, ce n'est pas si mal. Mais je suis claquée, mes jambes n'existent plus, mes fesses sont à l'agonie et j'ai faim.

À ce moment-là je vois un train qui part vers Paris et je dis à Carl :

– La grève n'était peut-être qu'à Saint-Lazare ?

Nous marchons avec notre tandem jusqu'à la gare et c'est comme un mirage : il y a un train pour Deauville dans sept minutes ! Nous avons déjà nos billets. Il y a juste la question du tandem, mais un employé de la SNCF se charge de lui en nous donnant des instructions pour le récupérer à Deauville. La vie est belle !

Dans le train, je suis trop crevée pour manger, mais la faim m'aide à mastiquer et le sandwich d'Omama me redonne un peu de force. Pas beaucoup. Je ferme les yeux et je m'affaisse… sur Carl. Ses bras sont autour de moi quand on arrive à Deauville-Trouville.

Nous reprenons notre tandem et, grâce au repos, je parviens à pédaler encore. Heureusement, le château n'est pas très loin, et c'est un vrai

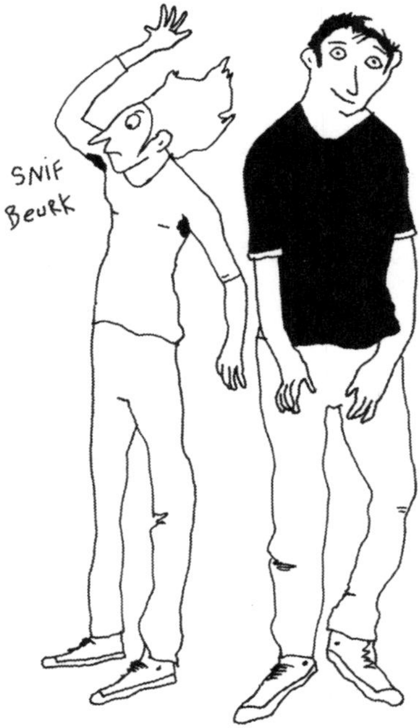

château. Dommage d'arriver là autant en sueur. Pas du tout princesse ! Les autres sont déjà dans la salle à manger quand nous entrons.

– Vous voulez vous changer ? demande la gouvernante.

– Non, on va juste faire un brin de toilette et on sera à table dans cinq minutes, je dis puisque nous n'avons pas de quoi nous changer.

– Vous n'avez pas de bagage ? demande-t-elle.

– On est venus en vélo ! je dis, comme si c'était normal et évident.

La salle de bains de ma chambre est plus grande que notre salon. Tout en marbre avec une vue sur le parc, la piscine, et la mer ; on pourrait

se perdre entre le lavabo et la baignoire. La douche est assez grande pour dix.

J'ai hâte de me coucher dans le lit à baldaquin – un vrai lit de princesse. Chaque objet, chaque tableau, chaque tissu caresse tous les sens.

C'est ça, alors, être riche ? On peut être riche et sans goût ; notre mécène est riche avec du goût.

On se dépêche d'aller retrouver les autres dans la salle à manger. Et qu'est-ce que j'ai faim !

Nous avons loupé la visite de la vaste propriété, et, même avec un jean et un tee-shirt propres, j'aurais eu l'air d'une Cendrillon avant le bal. Carl semble plus décontracté que moi parmi tant de richesse et de beauté. Plus à sa place.

Le maître de cérémonie, notre mécène, Félix Adler, est souriant et accueillant. Pourquoi un homme comme lui invite-t-il quatre jeunes à venir écrire chez lui ? Je lui pose la question.

– Avoir beaucoup d'argent n'est pas toujours drôle, il faut le gérer et c'est beaucoup de responsabilités. Beaucoup d'impôts, aussi. Ce projet n'est pas complètement désintéressé : c'est mon comptable qui m'a donné l'idée de créer une fondation afin de payer moins de charges. J'ai pensé à encourager l'écriture parce que certains de mes ancêtres étaient illettrés. Je voudrais favoriser la lecture et l'écriture, les rendre attirantes pour les jeunes. Ça fait maintenant cinq ans que ce concours existe et, chaque fois, c'est un grand plaisir pour moi. Vous m'aidez aussi à réfléchir à la vie avec vos points de vue uniques.

Je vous souhaite alors trois jours de rêve. À votre tour, maintenant, de me raconter quelque chose de personnel.

– Vous d'abord ? dit timidement Carl.

– Je vis seul avec ma gouvernante et son mari. Je suis trois fois divorcé, j'ai donc rendu riches trois femmes. J'ai deux enfants de mon premier mariage. Ils sont nés riches et gâtés et malheureusement ne font pas grand-chose de leur vie. C'est ma faute, je sais. Moi-même, je suis né pauvre dans un autre pays. J'ai eu la chance d'inventer quelque chose dont le monde entier avait besoin, et j'ai fait fortune. J'ai pu prendre ma retraite à quarante-cinq ans. Je suis un grand collectionneur et ça m'occupe. Je vous montrerai tout à l'heure mes objets d'art. Je m'interroge beaucoup sur la beauté. Maintenant, à votre tour, les demoiselles d'abord.

Carl m'avait parlé d'un « bon père de famille » ! Où avait-il eu cette information ? Il s'agit plutôt d'un séducteur en série. Curieusement, il ne me fait pas peur.

L'autre fille, Mélanie, est une longue et belle tige, mieux habillée que moi (n'importe qui est

mieux habillé que moi !). Un vrai top model, mijaurée et distante, qui vient aussi de Paris. Il s'avère qu'on vient tous de Paris, comme si c'était la seule ville de France. Les deux autres sont venus avec leurs parents qui en profitent pour passer le week-end à Deauville. Je ne regrette pas d'avoir pédalé avec Carl, mais ça aurait été bien de pouvoir nous organiser un peu mieux.

À mon tour de me présenter :

– Tout d'abord, j'aimerais m'excuser de venir à table en guenilles. À cause de la grève de la SNCF à la gare Saint-Lazare, nous avons loué un tandem et nous avons dû laisser nos valises chez le loueur. Je rêve de vêtements propres.

– Nous ferons un saut en ville demain matin pour acheter ce dont vous avez besoin. Et puis je vous ramènerai à Paris puisque j'y vais moi-même.

– Et le tandem ?

– Sur le toit.

– Je suis contente car aujourd'hui j'ai appris quelque chose, continué-je : faire du vélo. Et aussi ne dépendre que de soi-même. À part ça, j'aime écrire. C'est mon oxygène depuis la première fois que j'ai tenu un crayon dans ma main droite. Je ne dis pas que j'aimerais devenir écrivain, car je le suis déjà et que je l'ai toujours été, mais je crains que ce soit difficile d'en faire un métier. Et il va falloir que je gagne ma vie, comme ma mère et ma grand-mère, à la sueur de mon front. Nous sommes des femmes fortes. Elles ont fait fuir leurs hommes pour se trouver seules face aux défis de l'existence. Je suis heureuse de connaître une fois dans ma vie tout ce luxe, monsieur Adler. Mais il ne s'agit pas là d'un de mes choix. C'est simplement un accident de la vie.

– Je pense que j'ai choisi d'être riche, dit le mécène. Ou du moins de ne plus être pauvre.

– Et vous avez eu de la chance. Ma grand-mère dit qu'un gramme de chance est mieux qu'un kilo d'or.

– Elle a raison.

J'ai donné le ton et chacun raconte sa propre passion pour l'écriture. Curieusement, nous vivons tous avec un parent divorcé. Ça devient peut-être la règle ?

Assez coincé avec les deux autres concurrents, Carl se réfugie près de moi et moi près de lui. On n'a pas beaucoup parlé sur le tandem, j'étais trop absorbée par l'effort et mes problèmes d'équilibre.

Au programme, ce soir, au choix : restaurant quatre étoiles, guinguette steak-frites ou pizza d'un camion sur la place d'un village.

J'aimerais venir ici avec Omama.

VIE OU MORT ?

Le lendemain matin, Félix Adler nous a amenés dans un magasin et nous a conseillé les plus beaux vêtements. Il a meilleur goût que moi. Carl aussi. Quand j'ai essayé une robe, il a remarqué mon poignet.

– Tu as une Patek Philippe ? s'est-il étonné.

J'ai laissé la Cartier à la maison. La Patek Philippe me porte chance.

Félix a payé nos achats et je lui ai promis que ma mère le rembourserait. Carl voulait tout payer avec sa Carte Bleue, mais Félix nous a rassurés :

– Ce n'est rien pour moi. Ça passe dans les frais de la fondation.

Le premier jour se déroule au calme dans le jardin, dans les restaurants et dans ce bain de luxe.

Le « concours » a lieu le deuxième jour. Quel concours ? On a déjà gagné un sacré prix en étant accueillis ici, au paradis ! Je m'attarde dans la salle de bains, implorant le miroir de m'aider à être digne de cet endroit. J'enfile ma nouvelle robe et prie les esprits de Jane Austen et d'Omama et tous mes dieux de l'écriture.

Étant donné que notre mécène se passionne pour la question de la beauté, j'y ai beaucoup réfléchi. En plus, il nous installe dans son cabinet de curiosités, entre des tiroirs remplis d'objets inédits, des oiseaux empaillés, des insectes séchés, etc. Un vrai musée miniature ! Je suis prête, moi qui aime tant les musées, à disserter pendant des heures sur les chefs-d'œuvre de l'humanité.

Je suis donc désagréablement surprise quand le sujet atterrit devant moi. Paniquée aussi.

« Si vous n'aviez plus qu'un jour à vivre, qu'en feriez-vous ? »

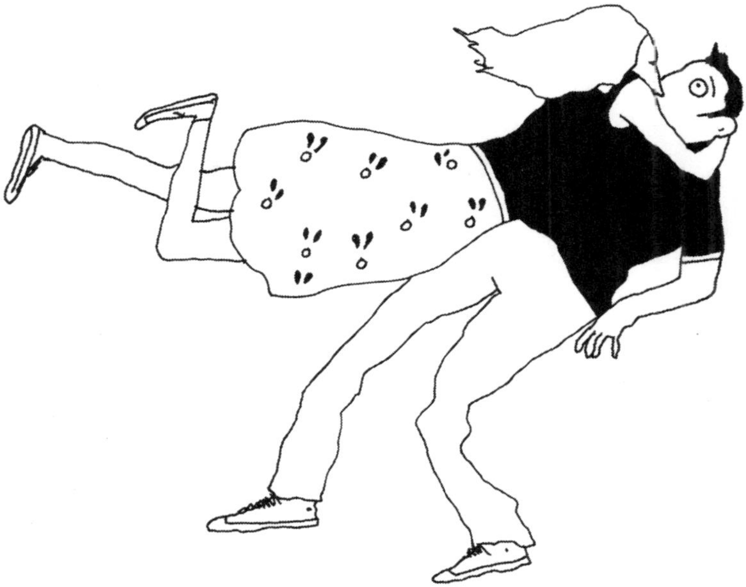

Ma première pensée, en regardant Carl, est que je le violerais pour savoir enfin ce que c'est que de faire l'amour, cet acte mythique et tant vanté. On est écrivain pour être honnête et parler vrai. Comment pourrais-je parler de l'amour si j'ignore, physiquement et spirituellement, en quoi cela consiste ? Je n'en connais que des scènes de comédies romantiques.

Carl me dévisage. Est-ce qu'il pense la même chose que moi ? Je me demande bien ce qu'il va écrire.

Notre mécène nous laisse en disant :

– Vous avez trois heures.

Comme toujours, je chevauche mon stylo au galop. Tout à coup, j'ai mon idée solidement ancrée dans la tête et je me mets à écrire furieusement. Dans toute entreprise, c'est l'idée qui mène le combat. Je pense à Jane Austen qui dit : « La vie ne semble être qu'une succession rapide d'occupations de rien. » Quoi qu'il en soit, je ne connais aucune occupation plus agréable que d'écrire avec d'autres sur une table en chêne massif.

J'écris donc je suis. J'ai l'impression d'avoir des ailes, comme sur le tandem. Ou est-ce que cette journée passée à pédaler m'a fait pousser des ailes ?

J'ai l'impression que je pourrais passer le reste de ma vie comme ça, à remplir des feuilles d'écriture.

Au bout des trois heures, nous rendons nos feuilles ; deux pour moi, une pour Carl, six pour Mélanie ! Si la quantité prime, c'est elle qui l'emporte.

Nous gagnons tous un couscous préparé par la cuisinière marocaine de notre mécène. Mélanie et Ludovic se servent peu et mangent peu, Carl et moi avons l'air de deux gloutons. J'ai l'impression que je pourrais passer ma vie à écrire certes, mais aussi à manger du couscous.

Curieusement, on ne parle pas du tout du concours, de ce que nous avons écrit, comme si ce n'était pas trop tard pour voler une idée.

Est-ce qu'on peut vraiment voler une idée ?

PLUIE OU SOLEIL ?

Il a fait beau tout le long de notre séjour. Félix Adler nous a offert à chacun un panier de produits régionaux qui vont faire le bonheur de ma grand-mère. Il promet de nous contacter après la délibération du jury qui va choisir le gagnant.

En quittant le château, je ressens exactement ce qu'Adam et Ève ont dû vivre quand on les a chassés du jardin d'Éden. Je demande à notre hôte si on est autorisé à concourir deux années de suite.

– Non, répond-il, mais vous avez le droit de revenir me voir !

Je sais que c'est une formule de politesse et que jamais je ne reverrai ce lieu enchanté. La vie est belle quand on a de l'affection pour quelqu'un, et j'en ai pour ce Félix Adler.

Le mari de la gouvernante attache le tandem sur le toit de sa voiture. Quand on est riche, manifestement, on ne fait pas grand-chose soi-même. C'est commode : quelqu'un pour faire la cuisine, le ménage, et tous les petits travaux du quotidien.

La voiture est grande et solide et notre chauffeur semble à l'aise en conduisant. Il roule très vite, comme quelqu'un qui se sent au-dessus des lois. Je suis devant, à la place du mort, et j'ai parfois l'impression que l'accident est imminent. Je freine avec mes pieds en m'agrippant à la poignée au-dessus de la vitre.

– Ne t'inquiète pas, j'ai conduit partout dans le monde et je connais cette route par cœur, me rassure Félix Adler.

– Le problème c'est que vous n'êtes pas seul sur la route. Avez-vous déjà eu une contravention pour excès de vitesse ?

– Je les collectionne.

– Et vous avez encore des points sur votre permis ?

– Je n'ai pas compté.

Carl dort sur la banquette arrière, me laissant faire toute la conversation. Mais ce n'est pas difficile.

– Qu'est-ce que vous allez faire à Paris ?

– Paris est ma résidence principale. Cette semaine, je vais m'occuper des cinq appartements que je viens d'acheter. Je dois les faire aménager pour pouvoir les louer.

Je n'ose pas lui demander s'il a un quatre-pièces. Ce serait sûrement trop cher pour nous.

– Et le reste du temps ?

– Je visite les galeries d'art, j'assiste aux ventes aux enchères, je flâne aux marchés aux puces. Je voyage, aussi.

– Cherchez-vous une autre femme ?

S'il n'y avait pas Hubert, j'aurais pu essayer de caser ma mère...

– Oui, toujours ! On ne cesse jamais de chercher l'âme sœur.

La route défile, la parole aussi. Et brusquement, la pluie s'abat sur le toit et sur notre tandem.

J'aime la pluie, mais pas en voiture. L'averse redouble de force et on n'y voit plus à 10 mètres. Ça ne dérange ni Félix, qui ralentit à peine, ni Carl qui dort toujours.

Quand un bouchon nous arrête complètement, Félix Adler quitte l'autoroute pour nous emmener dans un restaurant où il a ses habitudes : « Aux Trois Canards ». Nous y mangeons un excellent repas. Félix connaît toutes les bonnes adresses, il ne peut pas accepter moins. Je pense que tout ce qui touche le palais de cet homme doit être raffiné.

Lentement, très lentement, nous finissons par arriver à Paris, trop tard pour rendre le tandem. J'espère qu'ils ne vont pas garder notre caution.

Carl garde le vélo chez lui, il a plus de place. On prévoit de se retrouver le lendemain pour le ramener au loueur.

Félix me conduit chez moi et je le quitte le cœur gros. Peut-être que c'est le grand-père que je n'ai pas connu, en plus riche.

Quand j'entre dans l'appartement, maman et Omama me sautent presque dessus.

– C'était bien ?

– Raconte !

– Plus que bien ! Plus que merveilleux ! Plus qu'épatant ! Mais je suis crevée, rendez-vous demain.

SE MARIER OU PÉDALER ?

Carl dort encore lorsque j'arrive chez lui le lendemain matin. Juliana m'offre un petit déjeuner et je lui demande pourquoi elle est divorcée.

– Je ne pouvais plus respirer. Mon mari est parti en voyage d'affaires pendant un mois en Asie et je me suis rendu compte, tout d'un coup, que je respirais à nouveau. Toute mon oppression s'est envolée. Dès qu'il est revenu, je me suis sentie de nouveau mal. Et Carl, encore petit, semblait imprégné de la tension. Louis-Charles n'avait rien fait de mal, il était un père et un mari attentionné, mais je ne supportais pas sa présence.

– Comment expliquer ça ?

– Je voulais me marier pour me conformer aux souhaits de mes parents, faire ce qui était attendu de moi, faire comme tout le monde. Mais au fond de moi, et bien que je remercie le ciel d'avoir Carl qui est le soleil de ma vie, je savais que je voulais vivre seule. Avec mon mari, j'étais toujours malade.

– A-t-il fait un scandale ?

– Pas du tout. Il a réorganisé sa vie et il est heureux. Il travaille beaucoup et il est généreux avec nous.

– Est-ce possible ? Il y a tellement de divorces pleins de vengeance et de haine.

En fait, je m'inquiète pour Dorélie.

– Je viens moi-même d'une famille fortunée qui me soutient, explique Juliana. Louis-Charles et moi avons veillé à faire la transition la plus douce possible pour Carl. Nous sommes restés amis. On prend même quelques vacances ensemble et on mange en famille deux fois par semaine. Il ne s'est pas remarié. Il dit qu'il m'attend.

– Il y a un espoir ?

– Qui sait ? C'est trop tard pour faire encore des bébés. J'adore les bébés, pourtant. Si je devais travailler, je serais puéricultrice. Je suis la baby-sitter bénévole de tous mes proches.

– J'ai deux petits demi-frères, justement. Je vous pistonnerai !

Cheveux en bataille, pieds nus, jeans et tee-shirt, Carl émerge de son long dodo. Craquant ! Il embrasse sa mère, puis moi, boit un jus d'orange et croque une tartine.

– Je suis prêt dans deux minutes, lance-t-il en quittant la cuisine.

Nous partons en tandem sous les regards attendris des Parisiens.

Mais le loueur n'est pas aussi attendri quand il nous voit arriver.

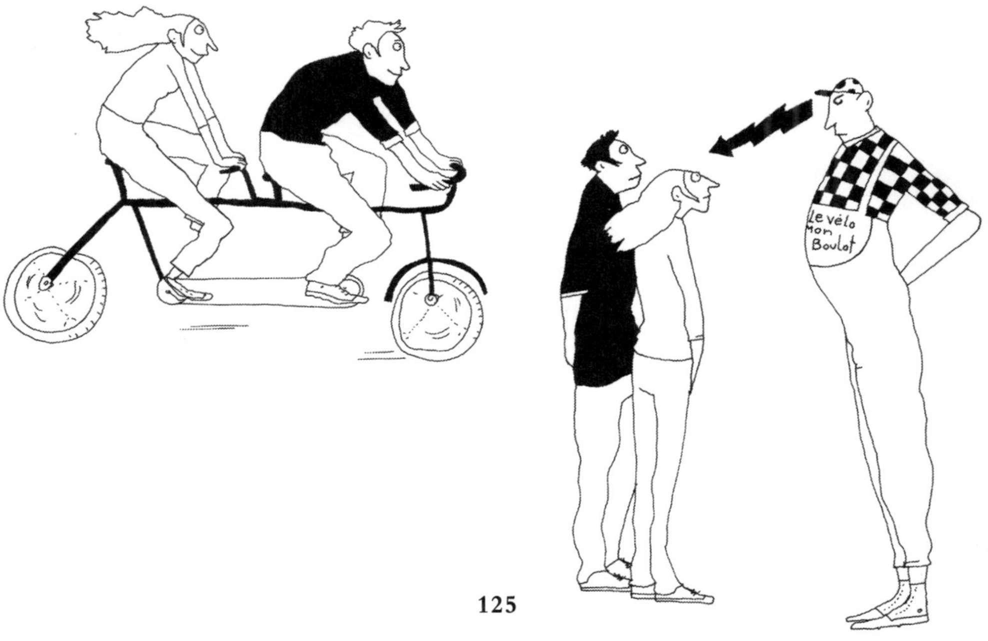

– Je vous ai attendus tard, hier soir. Vous auriez pu prévenir !

Carl lui explique ce qui nous est arrivé et il semble nous pardonner.

– Ce n'est pas si grave, après tout. Écoutez, c'est un vieux machin. Je ne le loue presque jamais. Si vous voulez l'acheter, je vous fais un bon prix.

Carl sort sa fidèle Carte Bleue et me dit qu'il sera pour nous deux. Un cadeau de fiançailles, peut-être ?

Je suis aux anges d'être propriétaire d'une moitié de tandem. Surtout avec Carl ! Pourvu qu'il ne prenne jamais Zara sur notre tandem ! Il restera chez lui puisqu'il a un garage.

On est devenus tellement pro que nous prenons nos valises comme nous pouvons : une derrière et une sur le guidon.

Mon ami me dépose chez moi après m'avoir fixé un rendez-vous pour le lendemain, s'il fait beau, pour me montrer ses endroits préférés de Paris.

Quand j'ouvre la porte de chez moi, je crois halluciner. Bob est sur les genoux d'Omama, Bill dans les bras de Hubert et mon père et ma mère sont en train de discuter, alors qu'ils ne se sont pas parlé depuis des années.

C'est trop après les évènements de ces derniers jours.

J'aurais aimé raconter mon séjour à Deauville, mais ce n'est pas le moment. Tant pis, je garde le tandem, Carl, Félix et son château pour moi toute seule. Par contre, j'aimerais bien connaître la raison de cette réunion insolite chez moi.

Bob me tend les bras. Je pourrais battre en retraite dans ma chambre, mais je pose ma valise et je proclame :

– Il faut que je coure chez Dorélie. Elle a besoin de moi.

Je ne savais pas à quel point je disais la vérité.

DIVORCE OU FAMILLE UNIE ?

Je me marierai avec Carl dès demain et nous pédalerons ensemble à travers la vie. Voilà ce que je décide, mais il faut être deux pour décider et il faut être majeur !

En vérité, je mourais d'envie de frimer en racontant à quelqu'un mes journées passées à Deauville. Hélas ! j'ai vite compris que Dorélie n'était pas la personne opportune.

Elle m'a ouvert en sanglots dans un concert de reniflements venant de la cuisine. Trois paires d'yeux rouges me fixent maintenant comme si j'étais un extraterrestre tombé du ciel. Personne ne parle.

Je questionne Daniel d'un regard et il me répond par un mot : « Papa ».

– Il a eu un accident ? dis-je alarmée.

– Il nous quitte. Il a fait sa valise et il est parti.

– Qu'est-ce qui lui a pris ?

– TA chère prof de français ! dit Marianne. Mon amie ! Elle me trahit depuis un an. Pierre me trahit. Je suis une femme trahie. Et une idiote, par-dessus le marché.

Je ne sais pas quoi dire. Et j'ignore pourquoi la première phrase qui sort de ma bouche d'imbécile est :

– Il n'y a pas mort d'homme.

– Juste la mort d'une famille ! dit Daniel, hargneux.

– Vous me paraissez bien vivants, en tout cas. Tant qu'on pleure, on est vivant.

Ça, c'est du Omama tout craché.

– Je serai une enfant du divorce, sanglote Dorélie.

– Bienvenue au club !

– Toi, tu as l'habitude !

– Un mariage sur deux finit par un divorce.

– Je ne sais pas si c'est exact, dit Daniel en tapant sur son smartphone. Puis il lit : « En France, l'année dernière, 44,7 % des mariages ont fini par un divorce et créent une population de nouveaux célibataires divorcés : ils ont en moyenne 41,7 ans pour les hommes et 44,3 ans pour les femmes. »

– C'est exactement mon âge ! remarque Mme Doré.

– Tu vois, tu es dans la norme ! ironise Dorélie.

– Tu parles d'une consolation, dit Daniel. Vous voulez les statistiques des familles recomposées ?

– Je vous laisse vivre un jour avec la mienne, si vous voulez, proposé-je. Et je vous prête Bill et Bob ! Ils sont à la maison en ce moment même.

– Chez toi ? Tu plaisantes !

– Un sur les genoux d'Omama, l'autre sur ceux d'Hubert.

– Et ton père ?

– Sans doute en route pour un deuxième divorce !

– C'est gai ! commente Daniel. Et tu veux que nous te rejoignions sur ce manège ?

– Je ne VEUX pas, mais je peux témoigner que ce n'est pas la fin du monde, ni une raison pour faire les têtes d'enterrement que vous faites.

– Ma vie est finie ! pleurniche Marianne.

– Et si votre vie commençait, justement ?

– J'ai tout fait comme il faut. Je suis une épouse exemplaire, j'ai donné ma vie pour cette famille.

Je ne lui dis pas que j'ai souvent entendu dire que les torts sont toujours partagés, et qu'elle est encore assez vivante pour faire ce travail bouleversant de... VIVRE. Je me contente d'imiter ma mère dans les situations de crise :

– C'est un bouleversement terrible, Marianne, mais vous allez vous y habituer et quelque chose de bon va en sortir.

À treize ans, je suis déjà une vieille grand-mère !

– Ou quelque chose de pire..., chuchote Marianne. Un meurtre, peut-être...

COMÉDIE ROMANTIQUE OU DRAME SENTIMENTAL ?

Le moment semblait propice à un petit cinoche pour penser à autre chose. Je suis toujours prête pour une bonne histoire d'amour entre la jolie et innocente femme de chambre et le richissime et beau client de l'hôtel. Ou entre une nounou moche qui se marie avec son employeur, veuf et désorienté, dans une communauté conservatrice des années soixante aux États-Unis. À Hollywood, tout peut arriver.

Finalement, on a évité la machine à rêves pour nous immerger dans l'obscurité d'une salle de cinéma art et essai. Le film a gagné la Palme d'or à Cannes. On ne savait pas qu'il durait plus de trois heures et que les personnages allaient parler sans arrêt… en turc, et s'entredéchirer sous la neige du désert d'Anatolie. Il fallait faire la course pour lire vite les sous-titres et je n'arrivais jamais à terminer les phrases. Mais au moins, ça nous a permis d'oublier nos propres problèmes le temps du film et nous sommes soulagés de retrouver nos propres vies – imparfaites, mais tellement moins absurdes que les sombres délires auxquels nous venons d'assister.

Pourtant, dès que les Grands Boulevards familiers sont sous nos pieds, Marianne se remet à sangloter entre Daniel et Dorélie.

J'ai fait ce que j'ai pu, le temps fera le reste. Je garderai Carl, le tandem, Deauville pour une autre fois. Peut-être à jamais. Ce sera mon secret.

– Merci ma chérie, me chuchote tout de même Marianne en me prenant dans ses bras. Tu m'as permis de relativiser mon malheur.

DIRE TOUT OU SE TAIRE ?

Quand je rentre à la maison, plus de trace de Bob et Bill, ni de notre père commun, ni d'Hubert, ni de maman ou Omama. Assise à mon bureau en train d'écrire dans mon journal, j'entends une porte s'ouvrir et la chasse d'eau tirée. Je me lève et vois ma mère entrer dans sa chambre. Je la suis jusqu'à son lit, comme quand je prétextais des frayeurs, la nuit, pour me lover contre elle.

– Qu'est-ce qu'il faisait là, mon père ?

– Oh, quelle histoire ! C'est à cause de sa femme. Ils se séparent. Il est malheureux au point de venir demander quoi faire !

– Je le savais. Pourquoi fait-on toujours les mêmes erreurs ?

– Si j'avais la réponse… Parlons plutôt de tes trois jours à Deauville. Tu ne m'as même pas raconté !

– Ce n'était pas le moment.

– Je comprends, ma chérie. Maintenant, je t'écoute…

Je lui ai raconté. Sans TOUT raconter, bien sûr. Ma mère, quoique à moitié endormie, a des yeux écarquillés. Elle adore le sujet du concours.

– Qu'est-ce que tu as écrit ?

– Tu veux que je te lise ?

– Bien sûr !

Je vais chercher mon brouillon et je lis :

« S'il ne me restait qu'un jour à vivre, je pleurerais toute la journée.

Je pleurerais le lever du soleil que je ne verrais plus.

Je pleurerais mon lit, ma couette, mes oreillers qui n'auraient plus la marque de mon corps.

Je pleurerais le jus d'orange et les tartines que ma mère n'essaierait plus de me forcer à avaler chaque matin. »

Maman rit. C'est bon quand on arrive à faire rire ! Je poursuis ma lecture :

« Et bien sûr, je pleurerais à chaudes larmes ma mère si vaillante qui veille sur moi depuis ma naissance et me nourrit de sa fantaisie. C'est la personne que j'aime le plus au monde. »

Maman plante un bisou sur mon front.

« Je verserais un déluge de larmes pour ma grand-mère si sage.

Je pleurerais tous les parfums de glace que je ne goûterais plus et je courrais acheter quelques litres de Ben and Jerry's Cookie Dough, Vermonster, Peanut Butter Cups et Chunky Monkey. J'en mangerais des cuillères à soupe entre les larmes.

Je pleurerais Carl et toutes les caresses, les baisers qu'il n'aurait pas eu le temps de me donner. »

Là, maman ouvre encore plus grands les yeux et… ferme la bouche.

« Je pleurerais Dorélie et le mystère de l'amitié que je n'aurais pas résolu.

Je pleurerais les lacs, les mers, le ciel et la Terre ; les paysages et la Lune que je ne verrais plus.

Je pleurerais les bains de soleil, les bains moussants et les bains de foule ; les traversées de la piscine au dos crawlé.

Je pleurerais les siestes d'été où je m'endors sur mon livre et me réveille comme d'un coma.

Je pleurerais tous les tee-shirts pur coton avec des slogans idiots que je n'achèterais plus.

Je pleurerais tous les enfants dont je n'accoucherais pas, les petits-enfants et les arrière-petits-enfants que je n'aurais jamais.

Je pleurerais le passé trop vite passé, le présent éphémère et l'avenir qui ne viendrait pas.

Je pleurerais la pomme de terre dans toutes ses incarnations – surtout au four, mais aussi frites maison, vraiment maison.

Je pleurerais mon père que je connais à peine et que je ne connaîtrais pas mieux.

Je pleurerais les milliards de SMS que je ne recevrais pas, les "Où es-tu ? Je t'attends." Et les mails qui surprennent et réchauffent le cœur.

Je pleurerais les nuages, le vent, la pluie, la tempête, la neige. »

Et voici maman qui se met à pleurer.

« Je pleurerais la canicule qui te fait apprécier l'air frais.

Je pleurerais les terrasses et les petits balcons où l'eau plate a le goût de champagne.

Je pleurerais les galères, les trains en grève, les avions retardés, les pneus crevés, la cheville tordue.

Je pleurerais les petits boulots que je ne ferais pas, les tâches ménagères que je fais en râlant, toutes ces corvées qui ne se présenteraient plus.

Je pleurerais les kilos que je ne prendrais plus en me gavant de nourriture industrielle – chips au goût fumé, biscuits apéro, pizzas, chocolat au lait (même si c'est mal vu), brownies, cookies.

Je pleurerais les kilos que je ne perdrais pas en me privant de tout ce qui est susceptible de boucher mes artères et pleurerais mes jeunes artères nickel qui ne seront jamais bouchées. »

– On n'a pas les artères bouchées dans la famille, sanglote soudain maman.

– De quoi est mort ton père ? j'ose demander.

– Il s'est suicidé !

Je suis interloquée. Je n'aurais jamais pu imaginer une telle horreur.

– C'est pour ça qu'Omama ne veut pas en parler ?

– Continue à lire, ça me berce, dit-elle pour mettre fin à la discussion.

« Je pleurerais toutes les chaises sur lesquelles je ne m'assiérais pas, y compris les chaises en carton, les tabourets hauts et le fauteuil à bascule que je n'ai pas encore trouvé.

Je pleurerais pour mes rêves les plus fous, rêves d'amour, rêves de succès inouï.

Je pleurerais mes secrets qui ne seraient jamais révélés.

Je pleurerais les proverbes qu'Omama ne m'a pas encore dits.

Je pleurerais les conversations profondes, psychologiques, sociologiques, philosophiques, auxquelles je ne participerais plus.

Je pleurerais les musiques pop, classique et jazz que je n'entendrais plus et pour les tableaux, les expositions, les musées que je ne verrais plus.

Je pleurerais encore dans ma tombe à inonder la terre entière mais ces larmes-là seraient sèches.

Je pleurerais parce que la vie, l'adorable, la terrible, la merveilleuse, la pénible vie devrait s'arrêter trop vite. »

– Oui, la vie est belle, même quand c'est galère ! s'exclame maman. Tu vas gagner ! Comment j'ai pu avoir une fille si sage et si douée ?

– J'aimerais surtout être belle !

– Foutaises ! Tu es très belle.

– À tes yeux !

– Et Carl, qu'est-ce qu'il a écrit ?

– Il ne changerait rien. Il vivrait un jour normal, comme tous les jours.

– C'est une bonne idée aussi. Et l'autre fille ?

– Elle rangerait sa chambre.

– C'est bien aussi. Et l'autre garçon ?

– Il irait à l'autre bout du monde pour gagner une journée.

– Un peu farfelu.

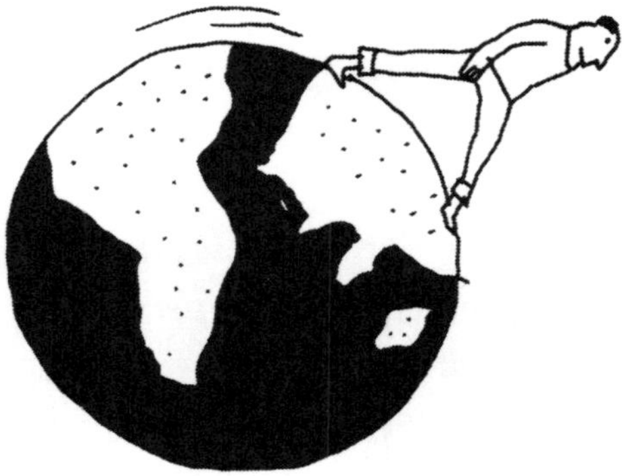

– Ce ne sont pas tellement les idées qui comptent, mais comment on les rédige. De toute façon, je me fiche de gagner le prix. J'ai déjà gagné trois jours magnifiques.

– Tu as raison, ma chérie, chaque jour magnifique est à prendre ! Je me suis inquiétée un peu au sujet de la grève de la SNCF, mais je suppose que ton train est parti...

– Tu supposes mal, mais c'est toute une histoire ; je te raconterai. Et les parents de Dorélie divorcent.

– Tu plaisantes ?

– C'est une épidémie.

– Les Doré... Une famille si parfaite.

– Même la perfection a des failles.

– Mais la vie est quand même belle ! Comme tu le dis si bien. Y compris avec ses imperfections.

Je me rends compte que quand on écrit, il y a aussi beaucoup de décisions à prendre : un mot ou un autre, une phrase longue ou courte... Quelle histoire ? Quelle intrigue ? Peut-on être indécise dans la vie et sûre de soi sur une feuille de papier ?

PRÉSENTE OU ABSENTE ?

Carl a passé une semaine à me montrer ses coins préférés de Paris. La météo a coopéré. Il a repeint le tandem. C'est un garçon qui a de l'initiative.

Dorélie a eu le temps d'encaisser le choc du départ de son père. Quant à moi, j'ai eu un papa sur place, à notre table, tous les soirs. Lui doit s'habituer aux modalités fixées par les avocats pour la garde de ses enfants et à son nouveau logement dans le même hôtel que sa mère, qui est ravie d'avoir retrouvé l'exclusivité de son fils –

exclusivité partagée avec les deux bébés pendant les week-ends. Elle a organisé une brigade de baby-sitters et l'hôtel leur a fourni les lits de bébé. Mon père semble retrouver son insouciance. Hubert, bonne poire, apprécie la présence de mon père. Plus on est de fous…

Tout le monde semble s'y retrouver, finalement !

Dorélie ne croyait pas que Mlle Laurent, notre excellente prof de français, oserait revenir au collège.

– Si elle est là, je lui crache dessus.

Mais elle est là et Dorélie n'a pas craché. Mlle Laurent est même en pleine forme ; ça n'a pas l'air de la déranger, d'avoir brisé une famille.

Est-ce qu'on peut briser une famille si tous ses membres sont encore vivants ?

Elle nous retient, Carl et moi, pour un compte rendu du « concours ». Carl lui fait un résumé concis et c'est moi qui lui présente le sujet.

– C'est bizarre de poser une question pareille à des jeunes, remarque-t-elle. Vous me faites lire vos textes ?

Marianne pleure encore beaucoup, mais elle pense aller faire ce qu'elle n'a jamais fait : travailler pour un salaire. Elle a appris l'architecture intérieure, la décoration. Je l'ai mise en contact avec Félix Adler, qui avait mentionné son achat de cinq appartements qu'il voulait faire décorer pour les louer. Les boulots comme ça ne courent pas les villes.

Daniel, lui, a un visage dur et fermé, comme quelqu'un que la vie a déçu.

Maman, dans sa bulle de bonheur avec son ex et son futur à la maison, a invité Carl et sa mère à dîner. À l'idée qu'il y ait du monde chez nous, Omama était aux anges. Du coup, j'ai aussi invité mamie Colette qui a changé d'avis sur ma mère et adoré les plats d'Omama qu'elle a comparée à un chef trois étoiles.

Mon père, qui a fait les courses, débarrasse la table. Il est exemplaire. Juliana le drague à mort et il a l'air d'apprécier.

Est-ce que je pourrai me marier avec Carl si nous appartenons à la même famille recomposée ?

En tout cas, je me sens bien en compagnie de ce père que je connais si mal. Il est attentionné avec moi, me pose des questions et écoute les réponses. C'est décidé : je le préfère présent qu'absent.

VIVRE SEULE OU EN COMPAGNIE ?

Chaque matin, Pierre Doré dépose Mlle Laurent devant le collège et en profite pour guetter Dorélie. Les explications ont permis une sorte de réconciliation. Il ne laisse pas ses enfants et sa femme dans le besoin. Néanmoins, ses invitations à passer un week-end dans son nouveau chez-lui restent sans réponses positives.

Le sujet de conversation préféré de Dorélie est devenu celui des défauts de Mlle Laurent. Avant, elle l'adorait ; maintenant, elle la déteste. Ça lui fait du bien de la haïr.

La vie coule avec ses journées de collège, les soirées à la maison, les pères problématiques, les mères battantes, les grands-mères qui n'y peuvent rien ; les semaines sereines ou agitées ou les deux à la fois, les grandes décisions, les petits conflits ; les devoirs, l'amitié, les scoops (Zara sort avec Daniel !), les livres, un film.

Félix est satisfait du travail de Marianne. Elle va mieux et adore l'accompagner sur les marchés aux puces où il passe son temps. Bill et Bob commencent à parler et trouvent place dans mon cœur malgré leur mère que je déteste. Juliana et mon père sont de plus en plus proches (trop proches ?), et ainsi de suite. Ça s'appelle la vie.

Quand il fait assez beau, je fais du tandem avec Carl. Il m'a aussi prêté le vélo de sa mère pour que je m'entraîne en solo. Carl est en train de devenir mon chez-moi.

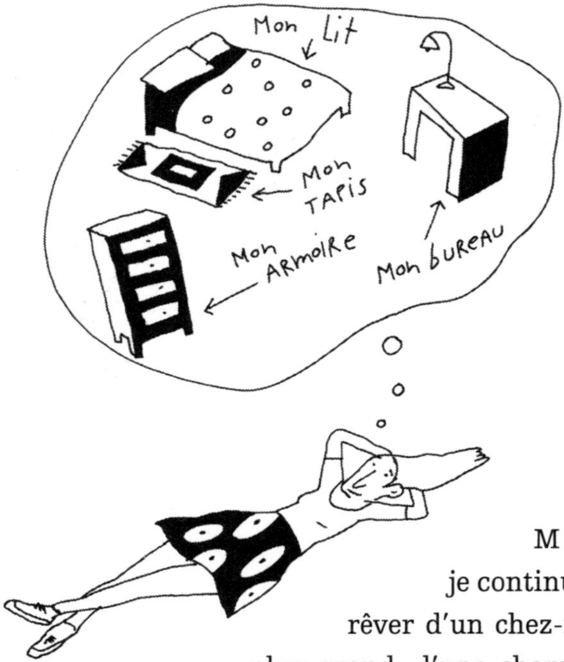

Mais je continue à rêver d'un chez-moi plus grand, d'une chambre pour moi. J'en ai assez d'écrire sur la table de la cuisine avec Omama qui rôde et désapprouve. Même si je gagne le concours, je sais qu'avec 5 000 euros, je ne pourrai rien y changer.

Aujourd'hui, je passe voir mamie Colette à l'improviste. Pas vraiment à l'improviste, en fait, puisque j'ai remplacé la Patek Philippe par la Cartier avant de partir. Elle est seule à table dans l'immense salle à manger du Bristol. Elle a l'air accablée d'une solitude douloureuse. Elle lève la tête, m'aperçoit et plaque rapidement un sourire sur son visage maquillé.

– Quel plaisir de te voir, ma chérie ! Qu'est-ce que je te commande ?

Je sais qu'un simple sandwich coûte autour de 50 euros et je ne peux pas me le permettre.

– Un verre d'eau du robinet me ferait plaisir.

Elle demande une autre tasse, me verse du thé et pousse le panier de pain en ma direction.

– Mamie, combien ça te coûte de vivre ici ? J'ai lu sur Internet qu'une seule nuit coûtait 1 000 et quelques euros.

– Ils me font un prix à l'année.

– Combien ?

– 300 000.

– Aïe, aïe, aïe, Mamie, tu ne trouves pas que c'est du gaspillage ? Tu pourrais acheter un grand appartement...

– Je n'ai pas besoin d'un grand appartement.

– Je veux dire... avec nous. Tu n'en as pas marre de manger ici toute seule ? Tu aimes la cuisine d'Omama et tu t'entends bien avec maman maintenant qu'elle n'est plus ta belle-fille. On pourrait trouver quelque chose de sympa avec une entrée séparée pour toi et ta propre salle de bains. Une maison de femmes où l'on resterait chacune indépendante.

Je ne m'attends pas à ce qu'elle accepte mon petit rêve, je veux juste planter l'idée.

– Je suis bien comme ça…

– Est-ce que tu es heureuse, Mamie ? Je n'en ai pas vraiment l'impression.

– Je suis à l'aise. J'ai mes habitudes.

– Tu pourrais être aussi à l'aise entourée par nous et te faire de nouvelles habitudes.

– Je crois que tu es folle, ma petite fille.

– C'est juste que tu dépenses énormément pour te loger. Et ajoute à ça la chambre de mon père…

– Tu veux qu'il vienne aussi dans notre ruche féminine ?

– Non, mais pour le même prix qu'ici, il pourrait louer un appartement adéquat.

– Écoute, ma chérie, c'est gentil de m'inviter à vivre avec vous. Je vais y réfléchir. Et toi, comment ça va ?

– J'ai appris à faire du vélo.

ACCEPTER OU SE BATTRE ?

Je sais que c'était gonflé de proposer à mamie Colette de venir vivre avec nous sans avoir consulté maman et Omama. En fait, comme dirait Carl, c'était gonflé tout court.

Est-ce que la vie est juste ? Est-ce qu'il faut vraiment que je tombe malade précisément un jour où Carl doit venir me chercher en tandem ? Il voulait qu'on aille pique-niquer au parc Montsouris. Et, chose rare, il fait grand beau.

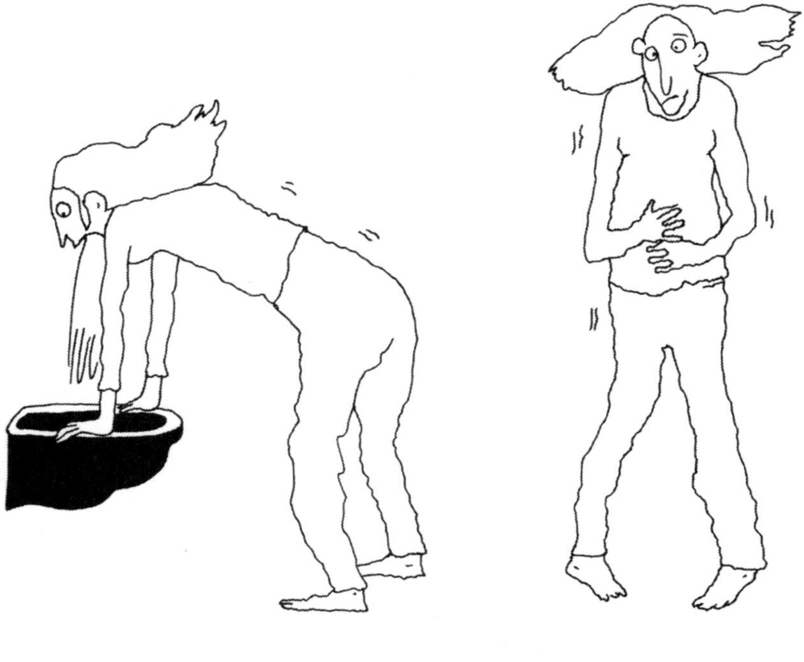

Mais je suis vraiment malade : nausées, vertiges, frissons, mal au ventre. Est-ce que je veux que Carl me voie en train de vomir ? C'est la chose la moins sexy qui existe. Google m'informe que je pourrais être enceinte, avoir un cancer, une méningite, la maladie de Crohn, une dépression, le syndrome de Ménière ou un ulcère. Mais aucune page ne parle de la véritable origine de mon mal : le Salon du chocolat où je suis allée avec Omama. On n'a rien acheté, mais certains stands offrent des échantillons.

Le journal qui annonçait l'exposition avait menti :

« Le chocolat, remède contre la déprime, est un antidépresseur naturel avéré. Et il est bon pour la mémoire, d'après de récentes études. Voici autant de bonnes raisons d'aller faire un tour au Salon du chocolat. À consommer sans modération ! »

Ils ne mentionnent pas les nausées et les vomissements !

J'essaie quand même de me tenir debout, de me laver, de m'habiller et de tenir bon, mais le fait est que je dois rester à tout prix près des toilettes.

Omama est dans ma chambre – sa chambre ! – et me console avec cette jolie phrase : « Quand la tête est une imbécile, le corps est dans la M. » Elle a du mal à dire des gros mots.

Je téléphone à Carl, qui compatit. Je voudrais lui interdire d'aller pique-niquer avec qui que ce soit d'autre que moi (Zara !), mais aucune personne n'est la propriété d'une autre.

Est-ce que je regrette le Salon du chocolat ? C'était tellement amusant de se trouver au milieu de cet univers tout en chocolat. Fallait-il que je goûte à tout ? À quel moment de la vie devient-on raisonnable ? Omama dit : « Ce que les yeux voient, la bouche le veut. »

En tout cas, je suis très occupée : je cours aux toilettes et je dors. Omama m'apporte des infusions ; je n'ai envie de rien. Elle répète comme pour chaque catastrophe : « Ça va passer. »

Comme la vie…

MON HISTOIRE OU LA TIENNE ?

Et quand, effectivement, ça passe et que je peux me lever pour boire mon infusion dans la cuisine, Omama me demande ce qui s'est vraiment passé au concours.

– Tu ne me l'as jamais dit.

– Omama chérie, je te raconterai quand tu m'auras révélé tes secrets. Il est temps que tu me racontes ta vie.

– Je suis née en Allemagne de parents fuyant la Pologne, et j'ai passé la majeure partie de ma vie en France, voilà tout. Maintenant, à toi.

– Tu triches ! Tu m'as donné l'os, je veux la chair !

Elle regarde ses pieds, puis me fixe :

– Qu'est-ce que tu veux savoir ?

– Il faut que les enfants connaissent l'histoire de leur famille. Pourquoi tous ces secrets ?

– Des fois, il vaut mieux ne pas savoir. *Cache ton secret même à un gorille.*

– Je ne suis pas un gorille. Parle !

– Je suis née en 1939. Tu sais ce qui se passait, à cette époque ?

– La Deuxième Guerre mondiale.

– Persécutions, violence. Mes parents ont eu la chance et le courage, après bien des péripéties, d'arriver en France.

– Mais vous n'êtes pas juifs, où était le problème ?

– Toute la population a souffert.

– Et une fois en France ?

– On avait de la famille. Papa et maman travaillaient comme ouvriers. Je restais seule toute la journée. On n'a pas cherché à m'envoyer à l'école. Voici mon pire secret : je ne sais ni lire ni écrire.

– Mais tu as gagné ta vie…

– J'avais un don pour la cuisine. On m'a prise à l'essai dans un restaurant et j'ai pu travailler à partir de quatorze ans. J'ai quand même appris le français avec l'accent que tu connais.

– J'adore ton accent. Mais si tu ne sais ni lire ni écrire, tu devrais être contente que je veuille devenir écrivain. Je te lirai mes romans. Pourquoi es-tu contre ?

– Parce que ton grand-père était écrivain.

– Et tu ne penses pas que j'ai le droit de savoir ça ?

– Il en est mort. Le pire c'est qu'il s'est suicidé. Il est mort avant la naissance de ta mère. L'écriture l'a rendu fou. Il était allemand, lui aussi, mais il voulait écrire en français. À la fin, comme il n'y arrivait pas, il a poursuivi en allemand. Il haïssait l'Allemagne et se haïssait aussi pour avoir obéi à une politique qui était le mal absolu.

– Il avait été un infâme soldat nazi ?

– Oui, mais avec une conscience.

– Lâche quand même.

– C'est facile à dire. Je l'ai aimé et je n'aurais pas aimé une mauvaise personne. Il avait dix-sept ans de plus que moi.

Elle se lève et va dans notre chambre. Puis elle me tend des cahiers. Je parcours des pages et des pages d'écriture que je suis incapable de lire.

– Il faudrait que j'apprenne l'allemand, maintenant.

– Ça peut toujours servir.

– Il n'a jamais trouvé un éditeur ?

– Il n'a même pas essayé. Il ne voulait pas demander quoi que ce soit aux Allemands. Malgré tout, c'était un homme bon, intelligent, sensible et gentil. Maintenant, j'ai rempli ma part du contrat. À ton tour.

– Mais tu n'as jamais voulu rencontrer un autre homme, refaire ta vie ? Tu étais jeune.

– Je travaillais dur, j'avais ta mère, ça me suffisait. Allez, à toi.

Je lui fais le récit du tandem, du château, des repas. Il faut que j'ajoute des détails. Quand elle est satisfaite, je prends les cahiers de mon « nouveau » grand-père et j'essaie de percer leurs secrets.

Un jour peut-être...

Il faut que j'apprenne l'allemand.

TROIS-PIÈCES OU QUATRE-PIÈCES ?

Malgré la déception de ne pas avoir vu Carl, ce tête-à-tête avec Omama m'a offert une nouvelle perspective. Écrire est dans mes gènes ! Mon grand-père, Opapa, était certes lâche, comme tant et tant d'autres, mais il vivait avec des regrets. Tout le monde ne peut pas être un héros.

Un quatre-pièces se libère au-dessus de chez nous. Hélas ! le loyer est plus cher et maman doute que nous puissions réussir à le payer. Voyant ma déception, elle me dit : « Je ne peux pas faire plus que je ne peux faire. »

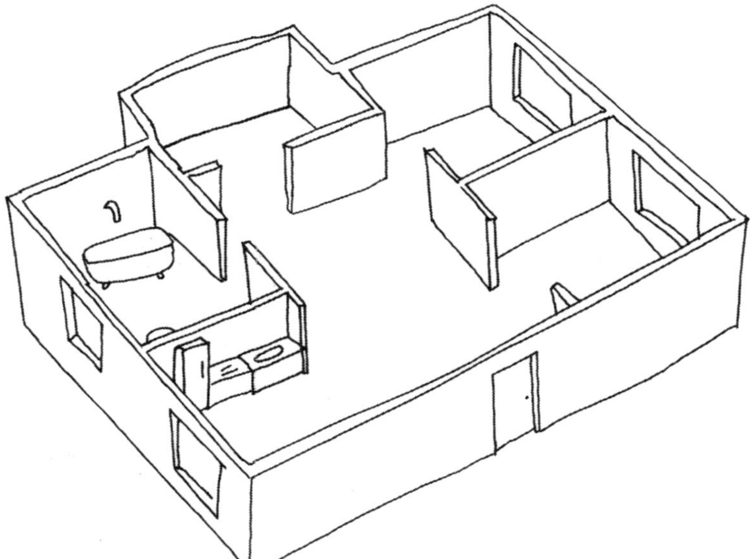

Il y a beaucoup d'agitation, aujourd'hui, à la réception du Bristol. Apparemment, ils manquent de personnel ; alors que j'avais l'intention de rendre visite à Mamie, je vois là une occasion en or de gagner un peu d'argent et propose au responsable :

– Je peux vous donner un coup de main pendant le week-end. Je suis très expérimentée, en ménage.

Pouvoir apporter ma contribution à notre quatre-pièces vaut bien un petit mensonge. Je sais qu'il y a des lois, des syndicats, l'âge minimum, tout ça, mais le responsable ne semble pas s'en soucier. Il m'invite juste à faire équipe avec Martine, qui me fournira un uniforme. Mon problème, maintenant, est de ne pas être vue par mamie Colette ou par mon père.

Il y a cent quatre-vingt-huit chambres au Bristol et il faut travailler vite. Je cafouille, au début, mais Martine me rassure : j'apprends vite. Tout doit être impeccable. Elle me montre comment faire les lits (chez moi, c'est Omama qui fait le mien), passer l'aspirateur, nettoyer les salles de bains. C'est comme un jeu ; j'ai l'impression d'être dans un film. Les chambres sont tellement somptueuses que ça fait presque plaisir de les nettoyer ; il ne faut pas passer plus de dix minutes par chambre.

Lorsque je reconnais la chambre de mamie Colette, mon cœur bat plus vite. Heureusement, elle doit être en train de faire du shopping.

C'est mon premier boulot et à la fin de la journée je ne suis même pas fatiguée. Le majordome me donne une enveloppe et me demande si je peux revenir. Je ne sais pas combien elle contient, mais je dis oui.

Si je travaille tous les week-ends, aurai-je encore le temps de voir Carl ? Carl contre une chambre à moi ?

Quand on a un but dans la vie, rien n'est trop dur.

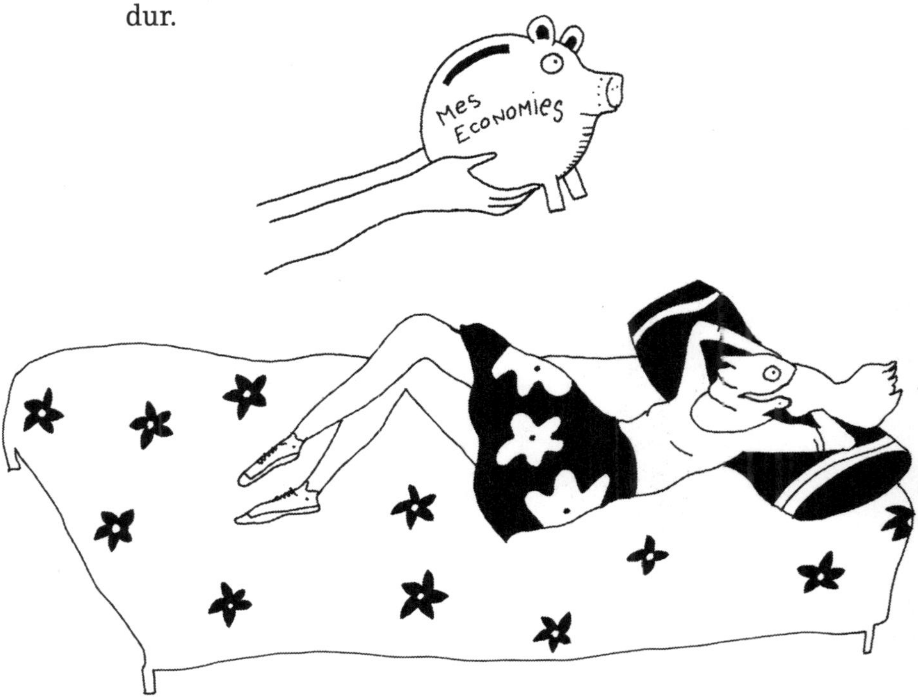

GAGNANTE OU PERDANTE ?

Finalement, mamie Colette m'a prise en flagrant délit de ménage et a fait un scandale auprès de ma mère. Ma carrière de femme de ménage n'aura pas duré longtemps.

Mais j'ai toujours besoin d'argent. Je veux tant une chambre à moi !

J'entre dans une bijouterie chic pour demander le prix de ma Patek Philippe.

– Neuve, me dit la propriétaire, une montre semblable coûterait 52 050 euros. Mais la vôtre est une pièce de collection. Elle vaut très cher.

Je suis abasourdie. A-t-on besoin d'une telle montre quand on n'a même pas une chambre à soi ?

– Omama, je lui demande le soir même après avoir éteint la lumière, comment se fait-il qu'Opapa, un simple ouvrier, ait eu une montre si chère ?

– C'est une longue histoire...

– Allez !

– Je t'ai dit qu'il était aussi un homme bon et juste. Il a caché une famille juive dans sa cave. Il achetait leur nourriture et s'occupait d'eux. Mais quelqu'un les a dénoncés et ils ont été arrêtés. Opapa est rentré un soir et ils n'étaient plus là. Ils avaient juste laissé cette montre Patek Philippe avec un mot : « *Danke.* » Ton grand-père l'a gardée précieusement en espérant qu'ils reviendraient vivants, puis c'est devenu son héritage.

Mon grand-père, en vérité, avait bien plus de valeur que cette montre.

Mamie Colette, en revanche...

Elle a dit qu'elle ne voulait pas vivre avec nous mais qu'elle paierait l'augmentation de notre loyer. Hubert, pas aussi riche mais plus généreux, a proposé la même chose. Pourtant, maman a décidé qu'on déménagerait sans l'aide de personne. « On va se débrouiller. »

Je suis si heureuse ! Ma vie professionnelle comme femme de chambre étant terminée, je peux retourner à mes devoirs et à Carl. Et je garderai la Patek Philippe.

Novembre passe et les vacances de Noël ne sont pas loin. Il fait froid et gris. Il pleut, il neige même. Ça ne fait rien. Pas de tandem mais tout va bien. Ou presque.

On n'y pense plus, ni Carl ni moi, quand la lettre de la fondation Félix Adler arrive enfin.

Ma mère a résisté à la tentation de l'ouvrir et Grand-Mère rôde. Elles m'attendent avec anxiété. L'enjeu n'est pas aussi grand pour moi.

Après être passée aux toilettes, comme tous les jours en rentrant du collège, je prends mon temps et elles m'encouragent. J'imite les présentateurs des Oscars :

– Et le gagnant est…

Je lis la lettre en souriant d'une oreille à l'autre, quand le téléphone sonne.

– Oui, Carl, c'est super ! J'espère seulement que tu ne m'en veux pas.

– Félicitations ! Je suis tellement heureux pour toi. C'est toi, l'écrivain.

– Tu es un ami en or.

Maman et Omama planent.

– Tu as gagné, alors…, disent-elles quand je raccroche.

– Oui. Il y aura une cérémonie au restaurant « Jules Verne » de la tour Eiffel ! Et ils vont imprimer une plaquette avec nos quatre textes. C'est sympa, non ?

– Bravo ma chérie. J'ai hâte de lire les autres pour confirmer que tu es quand même la meilleure.

– Et j'aurai une belle somme pour acheter des cadeaux à Noël ! Un nouveau lit pour ma nouvelle chambre, un tapis, une table de nuit. Et une contribution au loyer. Je pourrai même nous offrir un week-end à Prague !

– Pas en hiver ! lance Grand-Mère.

Je fonce sur le téléphone pour apprendre la nouvelle à Dorélie.

– Vacances de Pâques à Londres ?

– Tu as gagné ? s'exclame mon amie avec joie.

– Plus que gagné ! On va déménager et je vais avoir une chambre à moi…

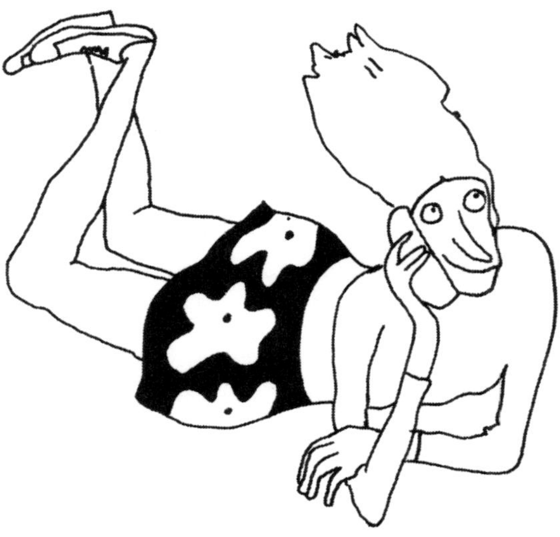

Ça y est. J'ai décidé. Je vais tout de suite me laver les cheveux. Je vais commencer à faire les cartons. Je vais être plus déterminée ! Je me coucherai plus tôt pour être en forme. Je vais être consciente de ma chance et apprendre à dire non. Je serai plus audacieuse, souple, sociable, exploratrice, énergique, compréhensive, compatissante, toujours de bonne humeur et élégante.

Et je serai toujours reconnaissante du simple fait très complexe d'être vivante.

Yes !

Bonnie

Achevé d'imprimer en juillet 2017
par Normandie Roto Impression s.a.s. à Lonrai
Dépôt légal : janvier 2016. N° 128184-5 (1703297)

Imprimé en France